LI KAI

离开

蒋小龙 ｜ 著

百花洲文艺出版社
BAIHUAZHOU LITERATURE AND ART PRESS

图书在版编目（CIP）数据

离开 / 蒋小龙著. -- 南昌：百花洲文艺出版社,2020.9
ISBN 978-7-5500-3819-6

Ⅰ.①离… Ⅱ.①蒋… Ⅲ.①中篇小说－中国－当代
Ⅳ.①I247.5

中国版本图书馆CIP数据核字（2020）第169477号

离 开

蒋小龙 著

责任编辑	许 复	
书籍设计	张诗思	
制　作	周璐敏	
出版发行	百花洲文艺出版社	
社　址	南昌市红谷滩新区世贸路898号博能中心一期A座20楼	
邮　编	330038	
编辑邮箱	fanfansoo@126.com	
经　销	全国新华书店	
印　刷	南昌市红星印刷有限公司	
开　本	710mm×1000mm 1/32　　印张 5.75	
版　次	2020年9月第1版第1次印刷	
字　数	120千字	
书　号	ISBN 978-7-5500-3819-6	
定　价	36.00元	

赣版权登字 05-2020-138
版权所有，侵权必究

邮购联系　0791-86895108

网　址　http://www.bhzwy.com

图书若有印装错误，影响阅读，可向承印厂联系调换。

如果有人问我对快乐这件事的看法，我一定
会告诉他：期待中的比那已经发生的更美妙。

第一部

1

我真的不相信人可以控制自己的情绪，我们能做的不过是收敛自己脸上的表情也就是肌肉，假装高兴、悲伤、兴奋，或者平静，不让别人察觉自己的真情实感而已，至于人为什么要这样做，从古到今估计有成千上万种理由吧，而且一定还会继续增加下去。这几天我也煞有其事地加入了这支表演大军，想保密而拼命抑制自己的兴奋，然而无济于事。由于"演技"稚嫩，表演差强人意，人像被不停抽打的陀螺一样停不下来，说话的嗓门都比平时大很多，甚至晚上也罕见地失眠了，好在我时刻提醒和"压抑"自己，没怎么让别人看出这种接近歇斯底里的兴奋。不过这不能怪我，谁如果马上就要到一个他朝思暮想的地方去，并且还是离开他一直想要摆脱的地方，谁都会这样的。

我想要摆脱自己的家乡倒不是因为自己有多讨厌这里，单从这些年经历的一些颠顸事来看，这儿还是蛮有趣的。可如果一个地方到城里要坐几个小时的班车，还是一天只有一趟且要把人挤成煎饼的那一种，一个月看不到三、四场电影，没有录像厅、游戏机房，连香蕉苹果这样普通的水果都要到城里买，那城市的吸引力就足以胜过一切了。何况这次我还是要到海边的发达城市去——我承认这句话说得既虚荣又肉麻，要是换作别人这么说，我会毫不犹豫地戳骂他几句。"戳骂"这个词是我们这里特有的，是又骂又讽刺的意思，既能尽情地挖苦对方，发泄心中的火气，又没有到要打架的地步，恰到好处，这里的人用起来都得心应手。之所以冒这么大风险说出来，是因为我这一辈子还没有见过大海呢，能到一望无际的大海里去遨游一番对于一个从小到大只是扑腾在两岸不过相距三四百米的河里的年轻人来说可真是够向往的。

告诉你吧，我是要到深圳去。现在好像都流行往那里跑，老百姓不是还特地发明了一个词"下海"吗，似乎挺贴切的，因为那些发达的地方好像都在海边，最典型的莫过于我们的几个特区了。然而也不是谁想去都能去，要办理边防证。边防证，倒是挺神秘的，"边防"不就是国界线吗？深圳有什么国界，香港再过几年不就回来了？办理边防证的手续真多，还花掉了一些人情票子，好在几经波折后，到深圳的边防证我们上个礼拜到底还是拿到了。

其实我想要离开家乡还有一个原因：虽然我才20岁，却感觉活了很久，一直待在这么个方寸之地也觉得无聊，这么说吧，无聊到都有回忆了，那可是老年人才有的东西。不知为什么我总是自命不凡（我倒不认为这个词任何时候都是贬义的）

地认为自己以后应该是大城市中出人头地的名人，现在只不过是暂时寄居在这个小地方，北京上海这样的大都市才是属于我的——因为外语空白的原因我暂时倒还不敢想那些世界名城。我还觉得现在自己所说所做的这些幼稚肤浅的话和事都是一个"假"的我的行为，以后"真"的我是成熟睿智的，甚至现在这个黑不溜秋的我也是假的，日后会脱胎换骨。不过什么时候才伐毛洗髓改头换面我倒没有把握，反正一定有那一天，并且不是"两千年后"（参看"伐毛洗髓"这个成语）。当然，我知道这些话如果说出来不但特傻还肯定会惹人耻笑，所以从来都只是把它们放在心里，不时在脑袋里过过，这样总能让自己独自开心片刻，就像一个小孩发现了藏有糖果的地方不告诉别人而自己常去偷吃一样。

听说有位外国作家写过一本书叫《生活在别处》，虽然从来没看过，但是我觉得这五个字太有水平了！想想看那些无聊的、生活不如意的、怀才不遇的人如果不是待在那个一潭死水处处限制他让他碌碌无为的地方，而是在一个完全不一样的环境里生活，比如教育质量更好的或者被更多人关心的地方，至少旁边不都是乱七八糟的人，是不是就可以施展自己的才华，最终实现自己的抱负和理想了呢？在我看来世界上大多数人都被他所处的环境耽误了，"生活在别处"这五个字可能说出了几十亿人（加上外国人）的心声，这五个字实在蕴含了深刻的哲理，这个作家真他妈是个天才，我认为凭书名他就有资格得诺贝尔奖，至少有资格像奥斯卡奖那样得到提名。

　　我和光头、怪物决定明天出发。没错，就是明天，明天会是一个重要的开始。光头、怪物、我，普通又典型的三个家伙，一个小学生、一个初中生、一个高中生，不过人生阅历是倒过来的。学历由待在教室里的时间长短决定，阅历由待在社会上的时间长短决定，学历这块我可以教光头唐诗宋词，阅历这块他把我卖了我还要笑着帮他数钱。我看过一本武侠小说，里面说人的名字可能会起错，但外号一定不会错，我想这位作家的话恐怕只对了一半。比如光头，头发又多又黑，脑袋后面偏偏还喜欢留得老长，几乎要到肩上了，说是模仿齐秦，我看倒像半个女人（如果他肚子不是那么大），天知道为什么被人叫作"光头"。早些年看完李连杰的《少林寺》，我们这里光头数量确实一下多了很多，倒是没见人在脑袋顶上用烟头或香烫九个圆疤。我也剃过一次光头，不过自从林瘦子说我的脑袋像个鸡蛋我就再没剃了。"光头"这个外号的由来据他说可能是小时候图凉快剃过几次，所以这个一点也不准确的外号就要终生属于他了——外号这东西可不好惹，一旦和你发生亲密关系，你这一辈子就只能和它相依相伴了，好听一点的还算了，难听的外号简直会要了你的命，什么"木瓜""鸟蛋""猪头""蛇皮袋"等等，想想看等你白发苍苍该受人尊敬了还要被人叫"猪头"会是什么心情！在我们这里，这样不雅的外号往往还不只属于一个人，总有那么三五个不幸者。没办法，这里的人想象力就是这么贫乏和有限，只和现实俗物打交道，不会有美好的想象，像"大梦""雨人""人类电影精华"这样的外号是想不出来的（除却梁山好汉，我也只晓得这些 NBA 明星的外号），结果是庸俗且重复的外号随处可见。据我所知我们这个弹丸之地叫"光头"的就有三个，叫"老三"的有五个，叫"阿牛"的也有两个；还有可悲的一点，这里的人想象力偏偏还只往坏的方面拐弯，比如一些恶心和下流的外号也是广为流传。哎！几乎下流到了可以下流的尽头，实在难以启齿，不说也罢。

"光头"这个外号虽然不准确，"怪物"可就实至名归了。这家伙什么不带鳞的东西都不吃，说是滑腻恶心，比如黄鳝、青蛙、甲鱼等等，这些都是我们这最鲜的美味，他居然一样也不吃，不是怪物是什么！

光头比我大十岁，小学不知道读完没有，其实他是我大哥和二哥的朋友，不晓得怎么就和我无话不说了。我发现有些人在交朋友方面的才能也许比他其余方面的才能的总和还要多，可谓天赋异禀，就是说不管什么年龄、什么身份的人都可以打成一片而且还是亲密无间的那一种。这些家伙发柳（南昌话，"吹牛"的意思）起来天南海北、无边无际，听得你津津有味、欲罢不能，其实他可能离家从没有超过两百公里，除此之外如果你要问他本省之外的省会名或者什么历史典故，他就会张大眼睛望着你或者跟你扯东扯西了。光头显然就是这样的人，成天无所事事又无所不在，不但和我这样的学生玩在一起，也和我们的场长称兄道弟，还管怪物的爸爸叫老哥，这辈分我都不知道该怎么论了。我觉得用农场的一句俏皮话说他再合适不过："两只手是用来游手好闲的，两只脚是用来游东荡西的，一张嘴嘛，当然是用来油腔滑调油嘴滑舌的。"不管怎么说，嘴居第一。除却说泡（南昌话，就是吹牛的意思，这个好形象）功夫，他还有一项绝技就是喝酒，每到傍晚，在我们这少得可怜的几家饭店里，总可以看到光头不是和这个大队长灌着马尿，肚子胀得也像装马尿的啤酒桶；就是和那个社会青年对饮着白酒，脸红过烂番茄。听人说他曾经创造了一项前无古人估计也是后无来者的记录，不知哪年哪月哪日和一个不服他酒量的家伙对搏啤酒，两个人一共喝了一百五十瓶——你没看错，是一百五十瓶。怎么喝的？ 莫非真的酒有别肠？ 非也！告诉你吧，是一边喝一边吐，最后吐在地上的啤酒据说快要漫过脚面了——想想真恶心。可你心底还是会佩服他，人有时就会这么奇怪和矛盾。

怪物倒是和我同学，不过那是初中的事了。他没考上高中，其实压根没去考，老师答应他只要不捣乱（他已经和不同的男老师发生过两次"武装"冲突了），不去考试也发毕业证给他。我们学校分配了好多年轻老师，荷尔蒙和肾上腺素和我们一样还未达峰值，依然"汹涌澎湃"，遇到调皮捣蛋又语言冒犯的男学生，"干柴烈火"的战斗实属难免，时有发生。碰到这种情况我们学校处理起来随性灵活、随机应变，绝不拘泥于死板的规章制度，非常适合安抚那些视纪律如无物的学生并留住年轻老师，怪物的情况即是其中之一。像他这样肄业的大有人在，他们都是学校的风云人物，颇受女孩子欢迎。

不上学怪物自然乐意，家里人也没办法，他读完初中在场里的发电站混了几年，每天上班就是守着轰鸣的发电机睡觉，后来已经练得"熟听无闻"（这个词我改编得真好）了，现在讲的每句话都要把你的耳朵吵聋。

2

再来说说我们的场吧。

这个偏僻的地方你可能从来没有听说过，也一辈子都不会来，不过就像我在电影里听到一位饱经风霜的智者说过的一句话：世事难料。你倒是有可能因为某种原因"身临其境"并对我们这留下终生难忘的记忆——但那绝不是让你常常可以开心到傻笑的风花雪月的记忆。

我生活的地方叫作双湖农场，好像是五六十年代因政治形势（多严肃的一个词，我居然也能用上）和经济发展的需要，在鄱阳湖的支流围湖造田而成的农场，分为南北二湖，所以这里就顺理成章地叫作双湖农场了——这再次印证了我们这里的人想象力的贫乏和有限。当然，你也可以说是因为纯朴。围湖造田说细一点就是在子关河的两边筑堤两圈，显然不可能像圆规画得那么圆，是根据湖中高地的形状因地制宜围成的，大概是椭圆，有一个地方甚至是小角度的尖状，农场前辈形象地把那块圩堤称为"牛角尖"。圩堤圈内堕高埋库，排水造田、筑房修路，最重要的是兴建大小监狱若干以关押犯人。

明白了吧，我们这是关押犯人的特殊单位，如果你不是这里的"土著"又待在这，那很不幸，你就是高墙里的一位了——现在你应该笑不出来了！

那时候在鄱阳湖一带，这种围湖而成关押犯人的农场可并不只有我们一个，周围还有四五个，一个圈一个圈的，空间上感觉美观有趣，像城市体育馆比邻并肩，实际上严肃无比，充分体现了当时形势之紧张。想想那个年代条件、人手、设备的简陋，建场的过程有多么艰辛就不难设想了。农场的圩堤是完全靠人力一肩膀一肩膀挑出来的，是为"挑堤"。你可以想象这样一幅画面：数百人顶风（日）冒雨（雪），在枯水和农闲的冬季从河中的沙滩取土，用土箕挑运，一个个按顺序鱼贯而上，犹如一支整齐有素的军队。一条扁担上挂两个土箕，每个土箕力气大的人可以（或必须）装几十斤泥土，一年又一年，一个冬天接一个冬天，不停地挑，直到现在还在挑，这就叫"挑堤"。真够形象、真够艰辛、真够壮观！圩堤也像儿童发育一样年年都在"长高"，围场初挑的高度也有十米左右，以后每年都在加高以防洪水，因为这里的海拔好像只有二三十米，防洪是必需的。圩堤在湖中围成的两个大圈就是南北二湖，圈内就是我们生活的"王国",犹如"巢穴"。北湖一圈据说是24公里，南湖是18公里，挑堤工程浩大而艰苦，干部、工人、犯人无一能免全部上阵，两臂双肩，胼首胝足，挑出了一个家园。在我们这帮学生看来挑土填湖简直就像地理书上讲的荷兰围海造田了，所以我和怪物一直庆幸自己没有光临这场"盛宴"——在我们的印象里，只有戎马倥偬的老一辈才总是习惯这种战天斗地的壮举。更可怕的是，那个年代鄱阳湖地区血吸虫病泛滥，建场的前辈（当时不过是比我们大不了多少的青年）很多得过此病，其中的一些人因为医疗条件有限，所用药物过于猛烈引发肝病，后来都去世了。像我们大队小涛的爸爸、场部老六的舅舅、医院的林医生（自己是医生也无力回天）等等，就是这样撒手人寰的。

另外，我们这里的人来自五湖四海，都是从全国各地调来支援江西建设或者押犯过来的军人、工人及其家属，因此说什么话的都有，有江西话、湖南话、湖北话、安徽话、福建话、广东话，甚至西北话、东北话等。大家在一块工作、生活，别无选择，只能统一说普通话。当然，我这么说不是贬低普通话，说普通话让我们在学习语文时获益匪浅，在发音上有一个高起点，比起周围"流、牛"不分的居民要强多了。因为距离南昌较近，这里的普通话个别带上了南昌口音，例如吃饭的"吃"发"qia（掐）"音，想吃什么不说"好馋"，而是说"好hou"，"不要"二字合起来说"biao（鳔）"等。只有家庭内部，上一辈人之间说说家乡话，听得头大，到我们这一代基本上都忘了怎么说，这或许是一个遗憾，但是我们并不觉得。很多人倒是学了几句不洋不土的南昌话，喜欢穿插在普通话里，好像这样更时髦，可是我听起来感觉不伦不类，像素衬衣配了一条花短裤。

　　说到南昌话，如果你站在这座城市的十字街头，须臾间，豪言壮语和粗言俗语的大杂烩就会把你包围了。

　　说明一下，农场的南北湖各有几个大队，大队里干部负责看押和管理犯人劳动及改造，工人做辅助工作，大队的头儿叫作大队长，下面还有几个中队长，其他就是普通干部和工人了。我爸爸就做了半辈子中队长直到退休，这导致我一直没有张勇神气，没有他受人欢迎，因为这个"鳖崽子"的爸爸是大队长——原谅我总是说脏话。可有时候你就是会觉得不说两句脏话，不爆几句粗口，胸中那种激动或者气愤的情绪就表达不出来，脏话和粗口可以说是每一种语言（想想方言吧）重要的和必不可少的组成部分。"他妈的"可以把激动的情绪表露无遗；"王八蛋"才能最好地展现愤怒和不满，这些都不是文绉绉的词汇能做到的。哦！扯远了，再来说说农场的大队。各个大队之间是大片的农田，一年四季种满了各种农作物，主要是两季水稻，间或种一些西瓜、棉花等，农田里有我们取之不尽用之不竭的宝贝，这个等下再谈。小块农田之间是田间小道，宽一点的叫什么板车道、机耕道，最窄的是田埂，只容一人勉强走过。田埂把大块稻田划成一个个方块，像是简单的几何图形，不过田埂不应该叫路，因为不到半米宽，而且全是泥巴垒成，下雨天打滑，人走上去非摔跤不可。只有打赤脚，脚板牢牢抓地（泥）才行。大块农田之间有大路连通，通往各个大队，宽度可以开汽车和拖拉机。如此图画再加上家家户户几乎都养了鸡和狗，每天叫起来此起彼伏怪热闹，陶渊明说的"阡陌交通，鸡犬相闻"应该就是这样吧。不过我实在不能把这里和世外桃源联系起来，想想相差的似乎也不止是一座山。南湖的大路整体上分为一条经路和七条纬路；北湖稍大，有八条纬路。纬路互相平行都从经路穿过，所以南北湖从空中看一定就像一个被扒开平摊在地上的地球仪。不管经路还是纬路，两边都种满秦始皇的"五大夫"（编者按：松树），是我幼年时农场的养路队种的，当时它们和我一般高，现在已经可以遮阴了——尽管它们的树叶像针。

在前年十月份之前，南湖和北湖之间还没有修桥，子关河横亘其中，交通殊为不便，只靠渡船连通。农场的中心（我们称之为场部）在北湖邻近南湖的堤脚下，南湖的人要去场部必须坐船。只有场部才设有商店、医院、电影院、冰室和中学，真可谓是农场的"首都"。对我们来说拥有商店和冰室的场部不啻一个小小的天堂，特别是小时候，也就是说没什么吃的所以嘴最馋的时候，那两个地方的吸引力可能不亚于麦加之于穆斯林了。说一件丢人的事，你千万不要跟别人说：上小学二年级时我曾经有一天因为身上有一毛钱而为去不去场部纠结了好久——那时候一毛钱可以买四根冰棒、一包糖或者一碗冰绿豆或者两支铅笔，现在已经买不到这么多东西了，书上说这叫通货膨胀。最后我实在是经不起冰室的诱惑，叫上郑明，往返走了差不多七、八里路坐船到场部去，一人吃了两根冰棒。我们走得一身大汗，不过尝到了冰爽和解馋的痛快——从此我知道了嘴馋是人生动力的一个重要来源（多少富豪更是深谙此道，以此卖点聚敛了亿万家财），不过还不能确定这是不是华夏饮食文化的肇端。

郑明比我高两个年级，不过比我大四岁——很简单，他留了两级。在我们这里留级是家常便饭，最高纪录是有人读过十年小学，也就是平均每个年级留一级，这样做的好处是参加运动会时跟比自己矮一头的同学比赛可以拿到所有的冠军和奖品。郑明是这样一个人，你不管任何时候叫他去做任何事，他都会同你去而不问为什么，比如我常常晚上饿了睡不着叫他去地里偷西瓜、红薯或萝卜、黄瓜，他就算睡着了也是一骨碌爬起来和我去，从来不会拒绝更不会埋怨。你可以说他这是贪玩，而我觉得这叫热情，所以我有什么事都叫上郑明，何况那时我还小，叫上他有点安全感。

除了夜晚结伴出门觅食（妈的，这么说好像动物），那时候我最喜欢和郑明一起用弹弓打麻雀，这是他教我的。寻找合适的柳树丫做弹弓——弹弓的形状就像一个"丫"字，好巧

——再剪下废旧的轮胎皮做弹弓绳，然后找一块牛皮或其他什么皮连接两条弓绳做包皮包"子弹"，一个完整的弹弓就出品了。至于"子弹"，河边当防洪物资堆积如山的鹅卵石就是，我们称之为"磨罗骨"，我不知是何含义也不知有没有写错字。我俩的装束常常是这样的：左裤子口袋弹弓加铁蛋子，铁蛋子仅小拇指大小，从打铁房搞来的，打大鸟专用，平时不舍得；右裤子口袋满满一口袋"磨罗骨"，都是拣过的，圆圆的大小适中，把口袋撑得鼓鼓囊囊。有这样两个"重量级"口袋吊着，裤子向前栽，屁股绷得紧紧的，难看至极。如果不是皮带系得紧，我们的裤子非掉下来不可，不过我们可管不了这么多，打麻雀才重要。每到春夏之交，小麻雀刚刚上树我俩就出动了。这时候的小麻雀呆头呆脑，只会叫，而且停得低低的，也不太会飞，就连我这个打不准的在连续几发后也有所收获。

　　小学一年级到四年级我就读于南湖，就是大队设的小学。那时候南湖六个大队，每三个大队分配一所小学，北湖大队多一些，包括场部一共设有三所小学和一所中学。我很幸运，小学就在本大队，现在想来在本大队读书还真是逍遥，八点上课可以睡到七点五十八，嘴里嚼着馒头就跑到学校了。小学的功课一点不难（哪晓得现在的居然像天书），我们有大把时间玩游戏。那时的游戏实在丰富多彩又"价廉物美"，既锻炼身体又愉悦心灵。

打酒瓶盖

往酒瓶盖里塞圆铁片（铁片中间要空心，不然太重）、铜钱（小时候有好多铜钱，现在都哪去了？）或者熔化后冷却成圆形的锡（打铁房才弄得到），这样武装起来的酒瓶盖被我们光荣地称之为"铁老、锡老、铜钱老"——我们真是怀着无比崇敬的心情在玩这项运动啊！

游戏第一步，在地上画一个三角形，那些没有被武装的普通酒瓶盖（称之为"兵"）分别放在三角形的三个角上，几个人玩就放几个，超过三个人时就往"腰"上放，如果是四个就把其中一个放在三角形的中心（还是重心、垂心？这三个"心"我永远搞不清），总之要对称。游戏第二步是比比谁先出手：离摆满"兵"的三角形几米远画一道横线，每个人站在三角形后面弹出自己的"武器"，就是把令人尊重的各种"老"扣在中指和拇指间弹出，离横线越近的顺序越前。这比的是对指劲的控制。第三步，排第一的人把"老"贴地向三角形弹出，之所以要贴地是因为这样重量更大——好像叫动能或势能吧，那时候鬼晓得。重的"老"可以把"兵"撞出三角形，不管撞出几个都归自己。然后排第二的也这样弹出，撞出的归自己，轮到最后一名时可能没有"兵"了，那游戏结束。如果还有"兵"则他可以继续，而且他有两种选择，一是这样撞"兵"归自己，野心更大的可以直接打"老"，就是把第一个弹出去的"老"打中，打中则三角形里剩下的"兵"全归自己，这叫"老末一把摸"
——好听吧！如果第一轮"兵"没有全撞出，游戏继续，老大先弹，
直至全部撞出。

顺便说一下，十大队的宋波弹这个好准，经常"老末一把
摸"，家里集了一抽屉酒瓶盖，读初中时被他爸爸全倒河里去了，
顺带挨了一顿死打。

打纸板、三角板

打纸板没什么可说的，全国都一样，打翻过来算赢。打三
角板可能就是我们的独创了——也不一定，极有可能每个地方
都有自己的创新，因为玩不比学习，玩是每个小孩都有创造力的。
把香烟盒叠成三角板，至于怎么叠就说不清了，估计你也知道；
然后在地上画两条平行线，不要太宽，半米左右，我们这一般
都是在走廊里两个柱子之间天然形成的水泥裂缝间玩。这个不
比谁把谁打翻，而是看谁把谁打出界，这方面有几个术语，又
形象又生动。比如"扫出去"，就是对准对方三角板的一条边，
用自己的三角板贴地横"扫"，只能扫一半以下的位置，还要用劲，
这样才能把对方的三角板扫出界而自己的留在界内，这是技术
活；"抄鸡眼"，（"眼"一定要读成"ŋan"三声，南昌话），
就是拿自己的三角板中间的这个大角对准对方的一条边猛地打
下去，正好戳到边缘接缝的地方，对方就会像被人用手指弹走
一样飞出界，而且还是带着旋转飞出界。香烟盒的山水或人物

图案在空中旋转幻化成迷雾，画面美极了。相比"扫出去"，"抄鸡眼"更是技术活，不是每个人都会的，也不是每下都能做到，既是熟能生巧，又要有一定的天赋，我以为——鲁迅莫怪我模仿。玩这个我好厉害，靠这一手绝技赢了不少三角板，这可能得益于我有一双厉害的眼睛吧。但是也有副作用，也许是"抄鸡眼"太多了，我的眼睛老痛。

传电

准吓你一跳，还有电！难不成有生命危险？答案是包不同的口头禅"非也、非也"。两组人分别靠在相距蛮远的一根柱子或树上，这根柱子或树就是"电源"。其中一组的一个人先跑出来，离开"电源"，他的"电力"就减弱了，另一组后跑出一人，他的"电力"也减弱了，但比第一个强，因为他后离开"电源"。如果这个人追到第一个人，那第一个人就"死"了。不过第一个人跑出一定的距离后在被追赶时可以跑回来，只要挨一下柱子或树就又来新"电力"了，反过来可以追赶那个追他的人，这就叫"传电"。其他靠在"电源"上的人也可以跑出去追别人。总之，谁后从"电源"出来谁的"电力"就强，抓到或挨到"电力"比他弱的，对方就"死了"，哪边"死"光哪边输。

这个游戏说起来复杂玩起来简单，不过两个"电源"上的人跑来跑去，纷纷扰扰像蝴蝶穿花一样，大家老是为谁后出来有纠纷，因为这涉及他的"电力"。同一个人来来回回，电力传来传去，"点量"还真不好确认。我玩这个也好厉害，因为我跑得快。

"哚"

这个游戏没有名字，是我起的，这个"哚"字也是我借来用的，之所以这个字有一个"口"旁，是因为这项游戏要靠嘴。

两组人分别躲起来，谁发现对方喊一声"哚"对方就"死"掉，把对方"哚"完就赢了，玩法是不是很简单？这个"哚"用嘴，可能类似于战争中用刀的"剁"吧！一个用嘴一个用武器，我猜想这是和平年代那些依旧怀念战争岁月的人们聊以自慰的发明。每到星期天，大队里"哚"声此起彼伏，大人听了摇头苦笑，那些还在写作业的家伙（比如俺）心里却猴急得什么似的。这项游戏比的是躲藏的技巧，你不被敌人发现而发现敌人，敌人就死定了，因为这一声"哚"是像光一样的速度，喊出即"毙命"。躲的地方考验我们的想象力和勇气，普通的躲在门后，胆大的悬空躲在二楼走廊扶手外，有创造力的躲在树上……

攻城

可惜我不能画出战略图来，因为"城墙"很复杂，像是古代的防御体系。进攻的人一起配合行动，防守的人很多，守的抓住所有攻的算赢，攻的只要有一个人从头跑到尾，再从尾跑到头算赢。虽然守的人多，但每个人都有区域，不能越界防守，而且区域蛮大，攻的人就要在防守人赶来之前"攻城拔寨"，最后"逃出生天"。

这里没有公输班的进攻器械，也没有墨子的防守器械，有的只是攻防双方的双腿和机敏及速度，不用说我又是佼佼者。

斗鸡

这个谁都知道怎么玩。两边"开战"的时候各自从"阵地"提着鞋帮或搬着脚踝单腿一跳一跳地奔出，争先恐后、气势汹汹，对"敌人"发起猛烈冲锋，那阵仗你别说还蛮壮观。个子大弹跳好的可以跳起来撞到对方胸口，对方又痛又被撞倒，窝火还不能发泄，赢的则扬扬得意。我老这样。不过也有巧妙的反击，我有两次跳起来想撞袁春的胸口，都被他从下往上"挑"翻了，摔得老子狗啃屎一样，痛死了。偏偏这两次还都被一个女老师看到，搞得又狼狈又丢人，不过是活该。

跳房子、蒙蒙躲躲、丢沙包、跳绳

这些都是女孩子玩的，只有跳绳我会玩一下。单人跳绳没什么说的，分绳子往前晃和往后晃，多人跳才有点意思：两个人晃动一根长绳，其他的人一个个跳进去，有时留在绳子里和后面跳进来的一起跳，有时跳一下就跑开，等所有人都跳了一遍再跳第二轮，如此循环往复。这就要拿捏得准、合拍。

还有一些游戏不太记得了，因为到初中后都不太玩，而且现在小学生玩的花样和我们那时也有些不一样，再过一些年可能我们玩过的游戏就要被遗忘了。我现在把它们记录下来，好像博物馆一样保存它们，不知道是不是有点意义。

我想不管在怎样荒僻的地方，只要有人，总会创造一些游戏活动娱乐自己，结交伙伴，以此摆脱单调乏味和孤独，就连鲁滨孙一个人在荒岛也是这么干的——他更需要这么干了。

说农场是穷乡僻壤一点也不为过，可就是这样一个在寂寂无名方面不输"山沟沟""湖沟沟"的地方也与外界接轨了一回，还是全国性的。我们大队有户张姓人家的亲戚居然是体操世界冠军李月久，李月久居然不远千里来到我们大队探亲，我们居然看到世界冠军在大队武装连的双杠上空翻了。他和我差不多高（那时我还没长全呢），不过胳膊有我三个粗，几乎（一定）每个人都在自己的新笔记本上请这位和蔼可亲的世界冠军签了名，很多人还合了影。可惜可惜，我的笔记本保存了十多年，最近不知哪去了。

我可没有吹牛，这是可以证实的真事。

说句矫情的，"矫情"是北方话，我们这可不兴说这个。我小时候对读书是好有热情的，也许是羡慕几个一般大的玩伴可以坐在一个房间里吧。那时候大队一个年级一般只会有七、八个学生，难得超过十个，所以都是天天耍在一块，玩泥巴长大的。还没读书的时候，我（小不点）常跑到教室门口"听课"，还挺认真，搬个小板凳老老实实坐在门口听，似懂非懂。现在想起来都觉得不好意思，可是那时候一点儿也不会，渴望什么就去做，根本想不到也不怕别人笑话，我想我的纯真现在已经失去了。

终于等到要上学了，激动无比，在8月31号，我和新桥（我的总角之交，现在也漂泊异乡了）用扫把把整个学校的走廊扫了一个干净。如果教室的门是开的，我们也会一块收拾的。当我俩肩并肩扛着大扫把变成一对小灰人从学校回来时，感觉自己像凯旋的战士，父母的责骂远抵不上心头的甜蜜。

这样的傻事我小时候可着实没少干。上完《惊弓之鸟》这堂课，我就常去看天上的大雁，它们有时候飞"一"字形，有时候飞"人"字形，总是成群结队。偶然看到落单的一只，我就会大声学气枪的声音向它"射"去，希望这只大雁也像"惊弓之鸟"一样是"惊枪之鸟"而吓得掉下来。我常常学别人把点着的火柴放进嘴里"熄火"，显摆之时竟浑然不觉得烫。那时候还喜欢打排球，有一次生病未愈就去打，看着空中飞来的球直接天旋地转摔倒了，又躺了两天。我一个人的时候常常从几阶楼梯上跳下来，跳在空中一定要把双手"弓"起像电影《少林寺》里的"秃鹰"并大喊一声"嚯"，开心潇洒全在这一弓手和嘴巴窝起大喊的瞬间，仿佛翱翔在天空俯瞰全世界并且真看到了全世界。随身体长高不断增加所跳阶数，从最初的四、五阶到后来的七、八阶，每次跳下来脚都痛得要死，但还是乐此不疲像个傻瓜。小学刚学数学乘法的时候，看到2乘3等于6，无来由的我就中邪似的以为相同数字的计算结果乘法就比加法多1，所以3乘3要等于7，2乘5应该等于8，搞得前几次数学考试都没考好，直到背了乘法口诀表才纠正过来。顺便说一下，从"误入歧途"而"迷途知返"后，在七个人的班上就没有谁的数学成绩可以"望我项背"了。

我的第一个正式老师是张晓玲老师，她是我的班主任，教语文，当时不过二十岁，是从省会南昌分配来的，不过我不知道为什么。张老师既亲切又严厉，笑容不多却充满关爱，是妈妈和姐姐的综合。我记得那时候每到傍晚，我和肖永华就会站在张老师家门口，仿佛两个小门神或小卫兵，一边听老师们说话（张老师和另一位女老师余老师同住），一边因为作业和考试情况接受她们的表扬和批评。那时候除了我们总有一些年轻人也爱往那跑，想进门又不好意思——我俩好像也不愿意让。现在我常常还可以在脑海中清晰地看到那时老师房间温暖明亮的灯光，听到那些热闹的话语，说什么全忘了，不过是充满欢笑的。

张老师喜欢打羽毛球。当时我最痛恨自己的地方就是和老师打球时，打不上两个，自己就接不住球，不是打不到就是打歪了，那边老师还是耐心地陪我打，帮我捡球，这样我就更痛恨自己了，所以后来在体育方面我都是拼了命地练。

在夏天的黄昏我和肖永华常陪张老师余老师去堤外散步，那时候堤外临水的斜坡上有一艘倒扣的小船，旁边散放着几个用于建涵洞的圆水泥墩，可能废弃了。走一会儿，两位老师就会安静地坐在倒扣的小船上看夕阳，而我和肖永华则像跳蚤般不停地在小船和水泥墩上来回跳跃，不知疲倦，直到天黑才恋恋不舍地回家。现在回忆至此，老师的温柔、夕阳的余晖、河水的涟漪，都像一幅幅流动的画在我眼前荡漾，我明白了这是我最快乐和温暖的童年。

我上三年级的时候张老师回城了，至今没见过，也不知道怎么联系。

张老师走后，汪老师做了我们的班主任。那个年纪本来我们对"慈祥"这个词是不会有什么实际概念的，可是自从汪老师教我们，每个同学应该都深深感受到了它的内涵。汪老师年纪很大，一头银发，慈眉善目，说话永远和风细雨，就连批评起我们来也是面带微笑的，在她看来我们犯的错都是孩子应该原谅的错，考试从不及格又调皮捣蛋的陆强对此一定体会最深。不但如此，汪老师还很"害羞"，有一件事我印象极深：那天大队来了个外地人卖苹果，大家都在挑好的，汪老师挑了几个居然脸红了，这一幕我正好看到。我知道她是不好意思把坏的留给别人，觉得自己不应该光挑好的。现在想来，汪老师的言行品格竟是古人温良恭俭让的重现，这些年我没有再见到这样的人。

　　我家一直住在南湖，每次想到场部买点吃的什么的必须坐船。说到坐船倒是北湖的家伙难得的乐趣，他们总是以离场部近而沾沾自喜，对我们趾高气扬，而能坐船就是我们得意的反击。前面提到过，南湖只设小学，中学要到场部去读，不过从我们这一届开始是五年级就到场部读书。那时我每天要坐四次渡船，上午上学、放学，下午上学、放学，可以说整个农场除了开船的，就是我们这些南湖的学生坐船最多了——我说这话倒好像多光荣似的。码头离住处很远，在两个大队之间，正对着河对面的场部，我们每天上学要走到码头再坐船，虽然走路蛮辛苦（我读高一的时候家里才给买了自行车），但每天和一帮大小不一的家伙走走说说也是乐事一件。每天走到码头往往不赶趟，因为渡船还未到或者已经开走，这时候乐趣就来了，我们会在堤坡的草地上立马躺下，以书包为枕，跷起二郎腿，或晒太阳，或看小说，或吃零食（就是甘蔗瓜子之类），也是惬意非常。可老天总有不测风云，我们这种湖滨地带常常下雨，这时候就要受苦了。如果忘记带伞就只有用衣服包住书包而不顾人，蹚雨踩泞，一步一滑，到学校总是一身水两脚泥，头发湿透打结，一脸水雾双眼蒙眬，往往还要被北湖的家伙笑话。再说一件丢人的事，你更不能和别人说，否则老子会掐死你：有一次下雨偏偏赶上期中考试，我过完渡急急忙忙赶到学校，可能受了凉先上了个厕所，出来已经开考，我一着急忘了把裤子的拉链拉上，就这样露着红短裤大摇大摆进了教室，被那帮鳖崽子整整笑了半年。

　　不过坐船可真是乐事一件，每次一上船我们男孩子立刻爬上船头，就是驾驶舱的顶部和后部，都是平的可以坐人。我们吹着河风大声乱叫，或者俯瞰船尾螺旋桨搅起的浪花，有时候还可以看到成群的麻雀或在风中翻飞的海鸥（也不知是不是，反正大家都这么叫）从头顶略过，仿佛伸手就可以抓到，倒有些浪漫味道呢！河上的风把每个人的头发都吹得竖起来，凉快透顶。船离岸还有几米我们就施展轻功一跃而下，搞得每个人跳远成绩都提高了不少。冬天起雾的时候船老大总是找不到方向，眼睛瞪得像小狗挂的铃铛，似乎要看穿大雾，可渡船还总偏航。本来是到场部，小心翼翼摸索着开了半天好不容易看到岸了，却是离场部几里远的九大队，惹得我们哈哈大笑，等最后到了场部再走到学校，两节课已经过去了，把我们都高兴坏咧！

3

春天和夏天是农场的黄金季节。春天吸引我们的并非是学校组织的春游，因为老师带队的集体活动约束太多，不能恣意妄为。春天吸引我们的是田间地头那些可以吃的玩意儿。刚过完年我们就开始挖地菜。这东西冬天也有，不过太冷我们不愿意去挖。说是挖其实地菜的根很浅，用个小木片一刨甚至直接用手摘就可以了。地菜长得和蒲公英很像，但个头小得多，用它包饺子味道鲜美，那股清香回味悠长，比黄芽白和韭菜馅的好吃。除了包饺子，配皮蛋的上汤地菜也是一道美味，皮蛋完全没有了生吃时的铅味。当然，这是我的口味，每个人的口味是不同的，就像歌德的维特说的"在扁平鼻子和鹰钩鼻之间还有各种各样的鼻子"，比如郑明打死不吃香菜（芫荽），怪物却把香菜当宝，经常凉拌吃，而且无论烧什么荤菜，起锅时总要放一把。三月份是到田里的高潮，往往大人小孩一块出动，为什么？因为藜蒿长出来了。藜蒿炒腊肉你一定知道，除非你不是江西人，南昌人最爱吃了。不是有一句话吗，"乡下人的草，南昌人的宝"，说的就是藜蒿。我们放学后或是礼拜天，每个人拎一个篮子到田里去，女孩子是挎，可能这样更别致好看吧，又或者因为她们力气小。住处旁边就是田和沟，几乎每条沟边都长有藜蒿，田里少一些因为种水稻会铲掉。藜蒿红秆绿叶，虽不高却茂密得很，假如我们是《格列佛游记》中小人国的居民，那里就是一片绿色的大森林了。真那样就太美妙了，想想看每棵参天大树都是美味佳肴该多幸福，锯一棵吃半年，既解馋还不会挨饿了。有时候我们到一个远一点的地方，哪个家伙先发现了藜蒿，就会突然大叫一声："我kiu了。""kiu"发第四声，这个字谁都不会写，字典里也没有，应该是"占有"的意思，真不知是谁发明的，太雄壮了！谁如果一喊"我kiu了"（往往是声震林木的一吼），我们都会老老实实算他的，让他一个人摘，就像听到皇帝老儿的圣旨一样，而且"我kiu了"在所有的地方都通用，无论摘藜蒿、挖地菜还是抓鱼摸虾等等，这是我们农场孩子在发现新领地先声夺人的标志——真是笑死人。好在田间沟边藜蒿多得是，除了那个"我kiu了"，其他人一篮子也一会儿就摘完了。藜蒿和韭菜一样永远在生长，今天摘完了，只要不把根拔掉，过几天又会长出来，所以每年在同一个地方都可以摘两次以上。藜蒿的杆子是紫红色的，摘完回到家每个人的手指头都红得发黑，洗都洗不掉。有些家伙整个春天手都是黑的，再加上一股藜蒿味，真是够馋。清明节是一个分界，过后的藜蒿就老了，一直到来年我们才会再去摘它。

摘藜蒿的同时我们也拔竹笋，就是竹林里爆的小笋，我们根本不给它长大的机会。把竹笋拔回来剥去外皮，里面的"肉"一节一节的，粗的一头不过拇指大小。小竹笋嫩得不得了，用它炒腊肉不比藜蒿差。还有米果菜，摘回来和糯米、糖混在一起蒸着吃，颜色绿绿的，好看又好吃。

快到夏天的时候还有一样好吃的，就是桑子。小时候很多人家养蚕，不知为什么现在很少了。蚕一辈子（两个月吧）只吃桑叶，桑叶长在桑树上，桑树上除了桑叶还结桑子——绕口令讲完了。蚕小的时候可以放在掏空的火柴盒里，底下铺几片桑叶，火柴盒一开一合，蚕宝宝脑袋一隐一现，挺逗趣的，我们都这么玩。蚕长大了还会吐丝结茧，然后把自己围在茧里，密不透风（这一定就是成语"作茧自缚"的由来），最后蚕化蛹成蛾，破茧而出。不过相比这些我们更感兴趣的是五月份桑子熟了的时候，几个同伴或者独自一人爬上桑树，抓一把直接塞进嘴里，酸甜香鲜，真过瘾啊！然而这样的囫囵吞枣有时候也会急得连上面的蚂蚁、小虫子一起吃掉。奇怪得很，我们的肚子从来不疼。吃完嘴巴一抹，突然看到其他人嘴巴红得像猴屁股，我们都会狂笑起来，然后才想到自己也一样，于是再笑一阵。我有一次就是这样笑得太痛快了从树上掉下来，屁股疼了半个月。

你以为只有男孩子这样？错！女生也不遑多让。有一次班上一个女同学也是这样从树上"雄伟"地掉下来，落在下面的水沟里，正好她还蛮胖——你是不是满脑袋一个胖子塞满水沟的画面？或是想起了周星驰的台词，耳畔响起了石班瑜那魔性的笑声？好在当时旁边有干活的犯人，把她救了上来，据说那个犯人因此减了半年刑。从那以后就常有犯人在被人监管的少得可怜的自由时间去桑树下"守株待兔"。

这个女同学有一个非常悦耳的名字，每叫一遍仿佛风铃在窗边响起，我好想告诉你，不过还是不说了，古人为尊长讳，我为糗事讳吧。

除了这些吃的，春天的景色也不错，尤其是油菜花开的时候。农场往往几百亩一片种植油菜，油菜没开花时可以吃，称之为油菜柳，用猪油一炒香而脆。油菜花开的时候满眼灿烂像一片金色的大海，煞是壮观。那个造反的秀才黄巢不是有句诗叫"满城尽带黄金甲"吗？我们这可以说是"满地铺成黄金甲"，只不过黄巢写的是菊花而我们这是油菜花。还是别打比喻了，我打比喻的水平好像从二年级起到现在就一直停留在"太阳像圆盘一样"再没有提高。说到"像……一样"倒是让我想起了汤中华。三年级的时候我和他同班，他曾经造过这样一个令同学们兴高采烈的句子："熊老师跑步像狗一样快。"熊老师是我们的体育老师——结局是语文老师对这个形象的句子打了个差还把他批评了一顿，不过我们都觉得语法上好像并没有错而替汤中华抱不平了好久。汤中华的得意之作颇多，连线组词是他奇特想象力最发达的地方，有两个我还记得："饱经风霜的——馒头""难以下咽的——精神"。实在令我们开怀。哦！又说远了。油菜花谢后，结的油菜籽可以榨油，就是菜籽油，我们这简称菜油，用它煎鱼比别的油都香——不过高中以前我也没吃过别的油。打完油菜籽后，就剩油菜秆了，油菜秆晒干了是最好的柴火，一点即着，哔啵作响，如果不加以控制势必火光冲天，浓烟滚滚，连祝融、回禄也会为之担心。把油菜秆烧完，油菜的一生就彻底完结了，干干净净，灰飞烟灭，所以油菜一生（也是一身）都在做贡献，了不起！

另外，在水稻开始插秧之前，田里还会种很多红花草来沤肥。说是"红花草"，开的花却是紫色的，它的学名因此叫作"紫云英"，一大片田野一起开出来也蛮好看，应该就是所谓的绿草如茵（紫花如茵）。虽然比不上油菜花的金碧辉煌，可红花草另有两个好处：它们长得并不高，也就尺把子，我们没事就会躺进去，像躺在地毯上一样舒服；最大一个好处是，农场养的耕田的水牛没事就会跑到红花草地里吃草，吃多了竟然会胀死，养牛的犯人挨一顿死打。我们都等着这一天，不是没人性喜欢看犯人挨打，而是因为——牛肉平时可没得吃。

春夏之交的鱼塘里开满荷花也是这里的美景，几乎可以说有些诗意了，应该不输给杨万里笔下的那句诗了。农场有几处鱼塘特别大，是原来围湖取土形成的，在九大队就有一处几十上百亩的鱼塘，到初夏鱼塘里荷花开遍，层层叠叠、错落有致，望去满眼碧绿粉红，很是好看，真有些"无穷碧、别样红"的味道。再过一段时间，莲叶何田田，鱼戏东南西北，荷花也变成了莲子，我们可以划着小船去摘，边摘边吃，真是乐事一件。甚至还有人坐着特制的大木桶划进去，摇摇摆摆，晃晃悠悠，看着又滑稽又有趣。

吃完桑子赏着荷花就到夏天了。

如果说春天我们以素食为主，像个规矩的和尚，那夏天就是大鱼大肉的饕餮食客，成了"酒肉穿肠过，佛祖心中留"的济公传人。前面说过，"农田里有我们取之不尽用之不竭的宝贝"，春天那么多素食塞满了肚子——到了夏天就该换换口味了！

田里到夏天最多的当然是黄鳝。抓黄鳝有好几种方法，其中一种是钓，有些类似于钓鱼，不过又有不同。钓黄鳝用的钩子比鱼钩可要长多了，差不多有两尺，一般用铁丝弯成，有时也用自行车的钢丝。铁（钢）丝的一头弯成钩，另一头弯一个圆形或弧形的把手，方便食指或中指套入，然后将整条蚯蚓作为钓饵穿上钩子，伸进黄鳝洞——田埂两侧到处都是脚拇指大小的黄鳝洞——感觉咬钩了，用劲拽出来，十有八九就是一条金黄色漂漂亮亮的黄鳝。不过这家伙滑溜得很，用手抓不行，要用两个手指夹住才不会跑掉，劲小的还夹不住。你也别太大意了，有时候会突然钓出一条蛇来，吓人一大跳。另外，到田里钓黄鳝千万要小心蚂蟥，然而有时你却避无可避，因为它藏在水里，而且太多。被它吸住又痛又胀，还不能拽，拽断了它会一头钻进你的身体，那就麻烦了。你要拼命在它咬你的部位的前面拍，直到把它拍下来，虽然血被吸走很多，也疼得要命，好在拍下来了，一脚踩烂算解气。

不过我们要吃黄鳝一般不这么麻烦，到晚上拎个水桶，点上火把，到田里一照，满田都是，用火钳钳起来就是了。钳黄鳝的火钳和烧柴火用的火钳略有不同，是有齿的，这样钳起黄鳝来不会滑。最大的黄鳝有斤把重，几乎和小时候我的手臂一般粗。这种绝佳货色一定要破背去骨头，割下鳝片用红辣椒爆炒，那才香嫩，好吃得连舌头都要吞下去！破黄鳝的刀具是我们这里的一大特色，一头尖利用于破背，一头半圆形用于剔骨。剔下的黄鳝骨头福建广东人常用来煮稀饭，而我们多半是扔了，偶尔有人用它来烧冬瓜，据说鲜得很。还有那种小黄鳝，广东人养几天后居然连肚子都不破就用来红烧或煮稀饭吃，美其名曰"盘龙鳝"，还说好香！他们吃"盘龙鳝"的技术也是一绝，筷子夹住鳝头、咬住鳝背、一拉到底，骨头、肠子、血和脏物一一分离。厉害，这就是吃的艺术。

除了抓黄鳝，我们捕食的种类还多着呢！塘里摸螺蛳，沟里钓龙虾，田里抓泥鳅都是愉快的运动。当然，鱼是永远抓不完的。

虾要清蒸吃原味，螺蛳要爆炒，泥鳅要干煸才好吃，至于鱼嘛，不用我说你也知道，有几千种做法。这些美味完美地填补了缺肉的岁月，使我们个个发育良好。

说了这么多，我发现自己居然是个"好吃鳖"。这个"吃"字一定要发南昌话的音"qia"，"好吃鳖"这三个字读起来才够有味——我竟然连自己也嘲笑起来了，没办法，从哥哥辈到弟弟辈，我们这一块长大的家伙好像都这德性。

4

除了吃，夏天另一件更开心的事就是到河里游泳——既然是更开心，是不是可以挽回一点因为好吃而丢的面子了？

我总感觉夏天的天地更开阔、明亮，现在想想才明白是因为我们下河了。

从小到大我一直这么认为，以后也会一直这么认为下去：在炎热的夏天，子关河是老天爷送给我们最好的礼物。我不敢想象，没有它，夏天我们会热成什么样子；没有它，我们每个人的童年要减少多少乐趣；没有它，整个农场的风景和故事又该逊色多少。写到这里，我好像要动情了咧！

夏天里几乎每个黄昏（几乎可以把这个"几乎"去掉，如果不是打雷下大雨），大队堤外的河里都像下饺子一样堆满了人，然而女性绝少，因为我们这相比外面还是比较封建，而且看电视幸运时看到的那种比基尼，这里的女性也是不可能有勇气穿出来游泳的——我想她们的衣柜里应该根本没有这样一件衣服。

我发现很多与运动有关的事情学会后一辈子都不会忘掉，比如骑自行车、游泳，可惜与记忆有关的不能这样，比如背书——如果那样所有知识只要学一遍、背一遍即可，多好。不过这样显示不了勤奋与懒惰，可能是这个原因让上天关上了这扇门；也有很多事可以无师自通，比如初三的生理卫生课。当然无师自通并非完全靠自己，然而只要跟别人学样就会了。举一个例子，我学骑自行车用了三天（还有更快的家伙），因为那时还小，很矮，我们都是从溜车开始学起，就是左脚踩在踏板上，右脚悬空，练的是保持平衡。一般只要摔几次四仰八叉（或曰嘴啃泥、狗吃屎）你就知道该如何掌握平衡，掌握平衡后骑车就没问题了。我们骑车都是从三角踏开始，也是因为矮，坐上座垫脚就够不着踏板了，我们把左脚踩在踏板上，再把右脚从自行车的三角框架内穿过去踩在另一个踏板上，然后死劲蹬就可以了，这就叫"三角踏"。但是这种姿势要佝着身子，挺累的，后来出现了斜扛自行车就轻松多了。随着身体长高，我坐上坐垫骑后又无师自通地掌握了一个人骑两辆自行车的方法（保持两车车距是要领），也学会了骑三轮车（握紧笼头是关键），现在连摩托车也会骑（开）了，总之，农场能骑的都会骑了。游泳也很简单，只要会游泳的人用手托着你的下巴，你自己用蝶泳的姿势多游几次，慢慢学会踩水，身体可以浮起来就会了。只要会踩水，身体不再像秤砣，什么游泳姿势你都可以采用，"自、蝶、蛙、仰"的奥运会标准全都不在话下，而且我们这里的人还自创了一种姿势——狗刨，就是两只手向下死劲刨水，脚往后拼命蹬水——看起来还真他妈像是从狗游泳的动作演变来的。

　　如果你认为到河里仅仅是游泳那就大错特错了，我们的花样多着哩！游泳其实是最枯燥的一种，到河里主要是玩，而且花样百出、精彩纷呈。比如在水里爬到一个人的肩膀上，底下的人再用力把上面的人抖出去，被抖出去的人大喊大叫摔出一大片水花；比如站在船上向河里栽跟头，要头先入水且尽量保持抛物线姿势才优美，如果栽得不好肚子先入水（我们称之为搭肚子），那不但难看，水花溅得老大，而且肚子还要痛半天；比如用脚踩水底的小鱼，踩住了再沉到水底把鱼抓出来，不过这样的小鱼我们是不吃的，会重新扔回水里；比如到水深处"打底"，就是闭上眼使劲往下坠，一直到脚触到河底，有的高手可以在七、八米左右的深度打底，再猛地向上蹿出水面，打底越深蹿得越高，像从水底发射的炮弹一样；比如比赛钻密子（北方话"扎猛子"），就是钻入水里游，看谁游得远，有的家伙居然可以这样游出几十米，我们甚至都看不到他在哪冒出头；比如游到沙滩上（随着涨水和退水，沙滩时隐时现），抓大队放养的鸭子和鹅，再等到天黑偷偷带回来煮熟大吃一顿。当然最好玩的是暑假，每天下午不到四点，顶着烈日，我们这些小家伙就迫不及待地约好下河了。有时候抱一个西瓜，游到沙滩的边缘躺下（身下是柔软的水草和沙子，真叫舒服），叽叽呱呱"雀"（就是"废话"的意思）一通，饿了就用拳或掌打破西瓜抠着吃。有时候沿着沙滩的边缘捡贝壳，捡回来后小的连壳炒了吃，大的养几天把肉挑出来煮汤吃。有时候几个人抱着一根长木头，顺着水流漂，漂远了上岸走回来再接着漂。你别说，我们甚至还有过"艳遇"：有一次在沙滩边躺着，开过一艘老表（农场旁边的居民们我们都称之为"老表"）的乌篷船，船头居然有一个没穿上衣的女人，两个奶子都被我们看到了，急忙甩头都来不及，搞得我和几个小家伙面红耳赤，像自己做错了事似的，好在回来以后眼睛没长"针眼"。说到老表，我们是不待见的，有诗为证："老表老表，河里洗澡，碰到乌龟，咬到屌屌。""老表"在我们这里的含义完全不能跟毛主席嘴里的井冈山老表相比，在我们这里是充满嫌恶的。至于为什么会这样，社会学家可以写出一大篇学术报告来，可惜我没这个水平。我可以提供的一个素材是，这些年老表在我们这里抓鱼摸虾，用电瓶在沟里、田里、河里贪婪无节制地打黄鳝、青蛙、鱼，现在我们已经看不到小时候那么大的黄鳝和青蛙了。

当我们热的时候，河水带给我们清凉；当我们无聊的时候，下河有无穷的乐趣；当我们高兴的时候，和小伙伴一块游泳玩耍会更加高兴；当我们不高兴的时候，在河里精疲力尽时什么都忘了。总之，这条大河带给我们太多的快乐，没有它，我们过的日子一定很乏味。

不过最好的东西有时也是最坏的——这句话好像蛮有哲理，我都不知道自己是怎么写出来的。大河也不例外，它不全带来开心，也有悲惨，最悲惨的莫过于有人被淹死了，然而这却是我们农场经常上演的悲剧。因为我们太贪玩，不会在大人的带领下去河里游泳，如果边上的人少就常会出事，隔壁大队建强的两个哥哥就是在一个午后偷偷下河再也没回来，而我有一次也差点淹死。那是刚学会游泳没几天的事，那会儿我比谁都有劲头，似乎每个人都是这样，不管学会什么，起初劲头总是最大的。那几天，不管有人没人，我都是第一个下河。有一个下午自己太得意了，狗刨刨得忘了远近，不小心滑到深水处呛了几口水，人就慌了，手脚不听使唤，只能大喊救命。那时电视还没放《霍元甲》，我尚不知道可以沉到河底抱块大石头走上岸——在我快要"死掉"的当口开这种玩笑似乎不合适。当时旁边只有郝松，他游来救我，可我已经吓得六神无主，在他身上乱抓乱扒，把他也拖了下去。两个人你抓我我抓你，谁都浮不起来，不知喝了多少口水，就快没气了，眼看都要没命，万幸的是这时候刘老四赶了过来。他箍着我的脖子，这是救人最好的方法，因为这样我的手脚在水里碰不到他。他把我拖着游到岸边。我一离开，郝松也就自己游回来得救了。我记得当时自己吓得全身发抖，直打寒战，说不出话来。对了，当时我才七岁，回到家被爸爸狠狠骂了一顿，一个星期不敢再下河，可是第二个星期实在经不起大河的诱惑又去了。这个世界的诱惑还真是无时无处不在，小时候经不起大河的诱惑，经不起糖果的诱惑，长大了经不起金钱的诱惑，经不起权力的诱惑，多少人付出了惨痛的代价啊！一失足成千古恨，再回头是百年身，世界到底是苦是甜啊！哦，想远了。像我这样经历"生死"的小家伙多的是：胖子有一次钻密子钻到了船底，两次浮头都被船压住，他自己说吓得尿都要拉出来了（水里确实可以拉尿），最后一次拼命在水底游远一点，终于绕过船身，冒了出来，要不然非得在水底憋死不可；小东有一次在水里脚抽筋用不了力，眼看要沉入水底，要不是边上有人也完了。起风的时候河里会起漩涡，好看却要命，如果谁被大漩涡卷进去也是没救了，还好我们这出现大漩涡的时候不多。

有时候我甚至会觉得自己背着大人下了无数次河，没有淹死能够长大实在是够幸运。

另外，我们这据说还有水猴子，就是大家口中的水鬼，有人说水鬼长得很丑，脸像猴子（想想都瘆人），还有尾巴。传说它到陆地就瘫软没劲，在水里劲却大得要命，经常把人拖下去吃掉，不过好像谁也没见过——有人见过才见鬼了。

还有一个灾难就是涨水。

因为是围湖而成，海拔也低，洪水一直是我们农场最大的隐患和危险，共工的子孙总是隔三差五就要回来嬉戏一番，它们在欢声笑语，我们却在号啕哭泣。危险终于转化为悲惨的现实，七三年夏季的某一天南北湖都倒了堤，相差不过几个小时，整个农场一片汪洋。决堤的三大队和十大队被冲击出两个超级大坑，这就是两个大队各有一个百亩鱼塘的起因。我虽然没有经历倒堤，却和这场洪水有着不解之缘。

倒堤后，农场的家属小孩都转移到新建县，妈妈当时怀着我，不久后就在新建县的劳改医院把我生下来了。我们躲水的地方叫望岭（因为那里可以望见梅岭），因此我的外号就叫"望岭"，被从小叫到大，尽管到现在我根本没去过一次梅岭，只能想象"梅花开满山岭"的美景——不过也许根本没这么美，金庸说过："真正的人和事往往不及想象中的那么美好。"那年躲完水回到农场，大家只能住在临时用油毛毡搭的棚子里，没多久我就成了非洲婴儿，直到现在还打下了深深的烙印——炕出来的黑比晒出来的黑还黑，还更久不得复原。

说到躲水，农场人都不陌生，那是每隔几年就要上演的一出迁徙剧。印象最深的是八三年，我当时已经十岁，那年夏天从六月份起几乎天天下暴雨，上游也是如此，这就是涨水的起因。到七月上旬，整个河堤都泡软了，河水几乎每天上涨半米，情况越来越危险，似乎随时都有倒堤的可能。我记得很清楚，家家户户值钱（什么算值钱呢？）的东西都搬到了堤上，木头大箱子堆满了堤上的几栋小房子。干部每天都带着犯人巡堤、堵管涌（俗称泡泉），连我家养的老狗灰灰每天也躲在楼上不肯下来。狗通人性真不假，它可能比我们更知道危险。终于等到天放晴了，农场组织了好几条大船转移家属，就是那种运煤和沙的船，船舱很大，腾空了装我们。每个大队的女人和孩子都要转移，我和妈妈当然也在其中，不过不能带上灰灰。

大人都怀着心事，我们才不管，更多是觉着好玩，每个孩子要到陌生的地方去都是这样吧。我们几个孩子兴奋得要死，不是在船舱里走来走去像巡逻的哨兵，就是爬上船头去吹风，不过每次上去都会被赶下来。这样来来回回好几次，笑死人。

后来我们终于累了，吃过午饭（馒头）一个个趴在行李上睡着了。到了下午，我和大头无事可做，就在船舱里下起象棋来。大头这家伙怪聪明——不知道是不是头大的人都聪明，反正我看过爱因斯坦的画像，他脑袋好大，加上乱糟糟的头发和一张大嘴，极像原始人却不料是伟大的科学家。大头学习成绩一流，小聪明也很多，下棋够厉害，大队很多大人都不是他的对手。这家伙下棋总是步步为营，先扎好篱笆，立于不败之地，再反攻。我就不一样了，我下棋总想一步把对方将死，从不拐弯抹角，更不懂迂回，比如想好双炮将军这步"杀招"，从第一步棋我就调动大炮，等两个炮架好了对准对方的老将，才发现人家"象"啊"仕"啊早就把老将保护得好好的。和大头下棋是以卵击石，根本没有赢的机会，没有几分钟我就败下阵来，不过我习以为常了。大头这家伙下棋厉害但一点不迂腐，还蛮有幽默感。有一次冬天放学走在路上又刮起风来冷得要命，他忽然冒出一句："就怪树嘛，树不动风不会来，你看树一动，风就他妈的来了！"搞得我们笑得都没那么冷了。

那天一直坐到傍晚，船才开到新建县的码头，然后是几十辆大卡车把我们接走。

我们这些"难民"被安排住在公安中学，正好是暑假，也只有学校才有这么多空房间安置人数庞大的农场家属——洪水一来，所有围湖而成的农场都不能幸免，转移的"大军"着实不少，坛坛罐罐、大箱小箱也是堆积如山，现在想想我们其实真落魄，不过当时小不觉得。

对那次躲水我有两个印象最深，一个是打乒乓球，一个是喝水。

我们小时候打乒乓球都是从石头桌打起的，就是厨房门口用石头水泥砌成用来吃饭的那种石头桌，长不过一米多点，打起球来老出界。后来我们在学校用四张课桌拼起来打，球打在两张课桌中间会跳起来拐弯，我们称之为"中计"（居然中了桌子的"计"，实在好笑），不过这可以训练我们的反应能力。我们最初用的拍子是木工做的，全木头的，打久了虎口会红肿直至生出老茧。告诉你，用木头拍子有一个好处，不容易"吃旋"。即便如此我们的球技也是快速见长，因为我们几乎天天打乒乓球。

我那时候打乒乓球蛮厉害，比我高两三个年级的家伙也基本不是我的对手——我好像运动方面都蛮厉害，不但乒乓球可以，羽毛球、篮球、排球也拿手，三大球两小球差不多"精通"了，就连学校高中的跳高纪录也是我保持的——一米五六。我可以从很多女同学的脑袋上跳过去，我还是用最简单的姿势"简式"跳的，越过竿后人可以直接站立。躲水那会儿正是我打乒乓球瘾最大的时候，公安中学有好多球台，那可是水泥砌的标准球台！我们几个小家伙天天就泡在那儿。有一天打到黄昏来了几个本地的大人，看我们打得火热也来凑热闹，硬要和我们比赛，我当仁不让就和他们比起来。别看他们人高马大，打球还真不是我的对手，越打我越得心应手，有几个球"扒"（我们管扣球叫"扒球"）得他们挺狼狈的，看着他们用钦佩的眼光看我，我得意极了。

至于喝水就有些可笑了。

因为躲水是在夏天，离不开大量喝水，打开水要到学校厨房，比较远。不知谁创新的，居然拿新买的痰盂（这里的人大多当尿盆使用），装了满满一痰盂开水，说是凉得快。这个方法成本低、装得多、效果好，所以不胫而走，迅速流行起来，真够馋啊！好在爱迪生的想象力不是这个模式，不然人类的夜可能就要增加一种刺鼻的气味了。我们有几次打完乒乓球回来，被大人像牛不喝水强摁头那样逼着也喝了好多，想想真是够郁闷的。不过不知为什么，现在回想起来，又觉得挺有意思啦！

我发现很多事情就是这样，当时感到尴尬郁闷，过一段时间再回想起来又会觉得怪有趣，成了美好的回忆。如果被迫用痰盂喝水这件事再过一些年想起来，也许我会体会到更多的快乐吧，那段不知苦涩的"苦涩记忆"将分解幻化成缤纷的色彩。这么一来我觉得似乎应该在二三十年后再写一篇《归来》，那时将是成熟的自己回忆从前那个懵懂乱撞的我，不晓得会有怎样的味道呢！

5

农场的秋天让我一笔带过吧，尽管我经常面对的是"落霞与孤鹜齐飞，秋水共长天一色"，景色是很美，现实对应的却是荒凉。

与秋天相比，冬天虽冷却丰富多彩，更值得说道说道。

冬天的代表自然是下雪。

这里不处北方，不过幸运的是也会下雪，可能这是我们和濒海的南方相比唯一的优势了——或许大多数人都是这样，总认为别的地方要比自己待着的地方好，陌生通常胜过熟悉，因为那有新鲜感，就连商品买卖中也有远香近臭的说法，真是"生活在别处"啊！早的时候在十一月中旬，最晚不超过十二月，雪花一定会飘落到这片土地上。大雪一般晚上下，我地理没学好，不知原因。总有那么几个清晨，推窗而望被白茫茫而开阔的天地兴奋得忘了寒冷，也真有些"隔牖风惊竹，开门雪满山"的味道，尽管这里没有山。雪后的天地因雪的覆盖和远近一色总是比平时开阔得多。白雪掩盖了肮脏、覆平了崎岖，净化了视域，世界也仿佛只剩一种元素，所有人说的、做的、想的都是那件白色的事物。这里的雪景和北方应该差不多，什么白雪皑皑、银装素裹都是一样的，至于主席笔下的"大河上下，顿失滔滔"就比较少，因为气温还达不到那么低，这种罕见的景色只出现过一次。冬天除了下雪还有一样妙处——打霜以后地里的菜无论是萝卜、白菜还是其他什么都没有了原先的苦味而变得甘甜，就连不喜吃蔬菜的我也不再排斥它们。

下雪天最开心的自然是我们，大人却是愁多于乐，因为下雪天路不好走要清扫，柴火湿了不好烧，水管冻住用水困难。至于我们，雪仗打起来，雪人堆起来，雪橇滑起来。当然，我们滑的所谓雪橇不可能像电视转播比赛中用的那么好，是因地制宜简单制作的：把粗细适中的竹子一剖两半，两片锯成一般长，一米多点即可，把里侧直接钉在小板凳上，再把前端用火烤得向上弯起就完工了。这里没有高山峡谷可以让我们风驰电掣俯冲而下，我们是从堤上往下滑（内坡）。这个距离正好，既能享受到滑行的快感，摔起跤来又不至于受什么伤。在学校打雪仗有时是站在雪地里对战，抓一把雪压得紧紧的，打在头上就是一个包；有时一组人在雪地一组人在教室，教室里的先拿水桶装满雪，也把"敌人"打进来的雪重新抓起来裹紧，双方不把教室打个七零八落决不罢休。学生的快乐成了老师的烦恼，也算是对总留那么多作业的他们的小小"报复"。融雪时家家户户屋檐下倒挂的冰凌晶莹剔透，异常好看，摔在地上清脆四散。有的家伙居然直接拿来吃，图的是嚼起来嘎嘣脆。融雪时的天空总是艳阳高照，四处却水洼一片，处处沼泽，大冷天想在太阳底下撒欢热乎一下却不能够，实在遗憾。那几天都是万里无云，整个天空蓝得透亮，就剩一个明晃晃的白太阳像蓝边碗里的荷包蛋，搞不懂为什么万里无云的景象这时候出现得最多。不过此时虽晴朗却比下雪还冷，书上好像说是因为雪融化时要吸收地上的热量。那些看见太阳就脱衣的人要吃苦头。

前年冬天是我们这里有气象记录以来最冷的一年，达到了零下16度，而往常年份最冷不过零下六七度。虽然不像北方的冬天动辄零下几十度，我们这里却是湿冷，很多人因此得了关节炎。北方人来了恐怕也吃不消，因为他们房间里有暖气，我们这没有。他们户外冰天雪地，屋内却是温暖如春，我们则寒气加湿气，时刻、处处入骨噬髓，无处躲藏。

像小时候躲水一样，那个冬天我也有两件事印象深刻，书上都是事不过三，我却与二有缘——不过我可不浑。

农场的大桥前年秋天终于落成，通桥那天举行了盛大的仪式并上了江西地方台的电视。那天农场真是千人空巷——没办法，凑不齐万人。北湖桥头搭起了彩棚，悬挂着蔡起兴老师写的一副对联："高岸跨长虹，东挹珠湖、西连新建、南通章贡、北接鄱阳，最宜夏日春宵，灯火万星浮远水；宏图焕牛斗，稻粮遍野、畜牧盈堤、纸板流辉、羽绒飞彩，从此前后开继，云霞千载展雄风。"蔡老师才学非凡，1939年毕业于清华大学，曾听朴学大师章太炎、史学权威顾颉刚讲学，抗战期间在国民政府任职，由于历史的原因辗转至此。他像一位古贤，学识渊博，满腹经纶，诗词文赋俱佳，同事好友杨晓苍老师为他编撰过文集《乐中集》，辑录了蔡老师的数百首诗文。蔡老师笔名"乐中"，号卷施老人。《乐中集》里有一首用唐诗诗句连成的佳作，蔡老师之才情过人可见一斑。诗名《集唐诗寄友》：

> 本以高难饱（李商隐），
> 栖栖一代中（李隆基）。
> 闲门向山路（刘慎虚），
> 余响入霜中（李　白）。
> 定力超香象（顾　况），
> 安禅制毒龙（王　维）。
> 与君别离意（王　勃），
> 当与梦时同（李隆基）。

　　无奈僻壤偏乡曲高和寡，唱答寥寥，想来蔡老师颇为寂寞。

　　说远了，不过还是忍不住要说，蔡老师或许是我们这里唯一真正的大家。我有幸看过他的《乐中集》，虽鉴赏能力极有限，但其中诗文之文采与境界我相信足以比肩晚清诸贤。蔡老师的诗雄厚老成，很有杜甫之风，这是我自己的评价，或许不太准确。他身材瘦小，其诗文却博放深远，气象开阔，看来人的心胸完全不是身材所能限制的。如今蔡老师已故去，但他可以含笑，可以到梦中的故园安息了。文星陨落，其逝如秋叶之静美，亦如流星之照人，正如他的诗句"生抛裘马能长乐，死有文章不算空"，我等虽然顽劣，心底的崇敬却是由衷的。

回到俗世吧。那天，作为庆祝方式，每个单位都要组队在大桥上走一个来回，当然，作为已经进化成双足行走的人类在埃菲尔铁塔落成时是不会采用这种庆祝方式的。那天的学校队伍里我是旗手，后面跟着十六个男生的红旗方队，然后是打扮得花枝招展的女生手拿彩带挥舞，算是刚柔并济了。男生都穿着蓝制服（我们这称之为"蓝保地"），为显突出，作为旗手的我是唯一带了白手套的，还算蛮骄傲。当我们从桥上走过时，围观人群中大队的熟人陆爱民总叫我笑，可是我始终一本正经直到走完。我觉得那个场合真的需要严肃，回到大队被他好好数落了一通。现在每天从桥上走去上学我还好兴奋，因为再也不用等渡船了，而且从桥上可以看得更远，没有了树木的遮挡，雨雪初霁时在桥的中间远眺甚至可以望见五六十公里外的梅岭和南昌的高楼，视野所及，蓝天白云洁净如洗，梅岭群山，峰峦起伏，青翠生动，对于久不见山的我们来说，悦目而至赏心。

有一个凌晨我去场部接四个同学（三女一男），然后又走回头到南湖偏远的十四大队送佟志远去当兵，来回走了十多公里但并不觉得累。那天星月无光，漆黑如墨，我凭着对道路烂熟于心的记忆走着。上学路上每一处坑洼、小沟甚至凹凸，我心里都有一张地图。走上大桥时仿佛有了微光——广阔的天空无论何时总会在某个角落开个小口让人们不致因黑暗而跌倒。当时桥上有路灯，但开关在北湖桥头一所房子的墙壁上，我们五个回头上桥时，我把路灯的开关打开并大叫一声："亮。"

刹那间桥上灯火通明，连同河面也照亮了一大片。几个同学顿时兴奋叫嚷起来，我当时的感觉像极了上帝说那句著名的话："要有光。"

每天上学我们要从堤下的大路走，然后上一个坡就到了桥头。前年的雪有多大我说一件事你就知道了，这是那个冬天给我留下深刻印象的第一件事。那天我和阿笑都穿了套鞋，来到坡前准备上桥。顺便讲一下，我和阿笑一个大队，从到场部读书起我俩一直走在一块儿，体会了上学路上所有的酸甜苦辣。他比我高两届，和郑明一个年级，不过后来郑明举家南迁福建了。据阿笑说生下来那天他在笑（估计就是睡着咧了一下嘴，不过对母亲来说这当然是笑了），所以就叫阿笑了，可是平时他却不怎么爱笑，相反还老爱生气。那天上坡走到一半，雪就没过了套鞋，而且是过膝的高筒套鞋。我俩从旁边试了几次硬是没办法通过，最后只好无功而返，一天没去上课，气得阿笑回来一整天没和我说话——他就这么爱生气，对事又对人，尽管人不犯他。

说到前年的冬天和桥，我个人有一个小插曲：好像从有疼痛感知起我就有一个小毛病，不是缺点而是真的与病有关：我的眼睛经常痛。妈妈总是叫我拿开水的蒸汽熏眼睛，这样可以舒服一点，不过还是治标不治本。到我上高中时眼睛痛转为头痛了，尤其在喝多了酒后，头痛就像闻到蜜香的狗熊一样必然到来，决不爽约，也许再过一些年头痛又转到别的地方去我就他妈的一命呜呼了。在这件事上唯一一次愉快的经历发生在这个最冷的冬天的桥上。那天从早晨起就开始头痛，原来我计算过每次头痛要十二个小时后才开始慢慢减退——这是不是久病成医的天赋雏形啊！上午最后一节课实在吃不消了，没请假（没这个习惯）我就走了，准备回家在床上对付头痛剩下的几小时。那天大雪初霁，桥上阒无一人，四周白茫茫一片，我一个人走在桥上，清冷的空气令我的脑袋一片清明，毫无征兆，头痛忽然就好了，仿佛有只无形的手从我的脑袋里一下就把痛"抓"走了。当我走下桥时已经像一个大病得愈的人一样舒服和带劲，我一直觉得这是可以和伍子胥一夜白头并驾齐驱的奇迹。可惜奇迹不会常有，头痛依然每次准时准点在我最痛快（喝酒）之后缠绕着，让我的酣畅每每夭折并独自饱受十二小时的折磨。

印象更深的一件事是前年整条河都被冻住了。这是第一次——千万别是最后一次。往年只是岸边一点地方结冰，中间的河水照样奔流不息，但这不多的冰也给了我们很多快乐。我们总是拿一块小石子或小冰块往冰面滑去，看着它飞速划过，倾听那脆脆的声音，最后再从冰面掉入冰水相交的水面；或是在河边敲下一大块冰，向冰面高高抛起，看它四下飞散，听它清脆悦耳。这时候的河面明亮通透，倒映出洁净的蓝天白云，天空更加清澈高远，可能不输给梭罗的瓦尔登湖。前年的情形却截然不同，整条河都冰冻了，而且冻得厚实，估计坦克都可以在上面开。有一天我和阿笑在桥上居然看到两个人直接从河面走过去，边走边挥手显得兴奋异常。他们并没有挥手的对象，是对着空气挥手，那就真是开心到极点了。当时实在羡慕他们，这也成了活到现在、迄今为止我最大的遗憾，自己那年竟然没有这样走一次！想想看，居然可以踏在几米深的河流上行走，仿佛拥有了特异功能，该有多神奇！他们看没看见冰下的鱼啊？现在我还常常懊悔，害怕那次机会错过就不再有了。人啊！好像都喜欢折磨自己，其中一个方法就是把遗憾记得比好事深得多，久得多。

如果我说我们这可以打猎，你一定视为吹牛，不过这却是真的，至少在"左牵黄，右擎苍"里我们可以做到左牵黄了。

打猎是冬天下雪之外的另一件趣事，同样有滋有味——是真的"有滋有味"，因为猎物很可口。当然，这里的打猎不可能像草原上那么宏大壮观，策马奔腾，飞鹰走狗，不过也是丰富多彩，饶有趣味，令人兴高采烈。在这儿的打猎以气枪射、铁棍打、笼子套为主，是不是好残忍？听我细说。用气枪打麻雀是最常见的，有些人的准星达到了你想象不到的程度：八大队的陈波可以在五米左右打掉火柴头，农机联的王兔子十米开外打树上的野鸡从来都是只打脑袋上眼睛一块。写到这里我想到了中国第一个奥运冠军许海峰，他还是从打弹弓开始的，起点可比我们低呢！而我们班的魏老三更是英雄出少年，是全能选手，成了狩猎大队和养殖大队的双料杰出代表。他曾经一个晚上打过一百多只麻雀外带十二只斑鸠三只野鸡六只野兔，还有一次白天他带上一盒子弹（一百八十发），打了一百四十六只麻雀——别人特意数的，一点不假——最后盒里还剩十一发子弹。他说碰到麻雀密集的树，对好角度，把它们连在一条线上，一枪可以打两只。他的最高纪录是三只，当然这要高压气枪的气足和运气特好。有一次他在一棵白杨树上（强调一下，就一棵）打了一百多只麻雀，这些麻雀破开后心和胗子像豆豉那么小，也像豆豉一样黑黑的、圆圆的，加在一起居然有一盘。他还用鸟铳打散弹，一枪就可以打到很多麻雀，可惜我一次都没玩过。总之，在我看来他是充满传奇色彩的猎手，居然就在我身边。

渊源有自，魏老三家有抓鱼摸虾、打鸟、养鸡鸭的传统，水陆空三界的生灵都逃不掉，他家是"魔界"的渊薮。这座渊薮是一个院子，是一座"美味"动植物的集中营，里面挖了两个小水塘，一个养鱼一个养甲鱼及螺蛳；院子一角用网子围了一个空间，里面养了好多鸽子，鸽子笼是自己用木头做的，整整齐齐三排；院子另一角是一排自搭矮房，里面是人类半部驯养史的集合，鸡、鸭、鹅、兔子各占一间，井然有序，甚至还有山羊、猪；院子的空地密密麻麻种满各色果蔬，那既是人的菜肴也是动物的饲料；两条黄狗跑来跑去，嗷嗷乱叫，吓唬着胆敢越雷池一步的"囚犯"，它们是不需要换班的哨兵、巡警、打手。最精彩的地方是借用院子的围墙和一棵大树用木板空中楼阁般建造了一个小阁楼，这是魏老三观察"军情"的"前哨指挥所"。

他像一位暴君，严密监视着他的"臣民"，有犯上作乱者格杀勿论，送入厨房烹刑以祭人之五脏庙。每到夏天，我们几个最爱做的事就是到他家挤进这个小阁楼聊半个通宵，观赏围墙内这座"活的肉林"，当然，半夜里就地取材尝个鲜是最重要的压轴节目。魏老三好能吃苦，读完高一就退学了（高中毕业证是学校保证的），他每个礼拜必有一天凌晨两三点和父亲、弟弟把几天打的鱼骑自行车运到南昌市场上去卖，每次往返要骑七八个钟头。他说，每次回来都烂裆了。

除了用气枪打，天气也是我们的帮手。每到夏天，台风在沿海登陆的时候，我们这里也会受到影响而刮大风下暴雨，这时候的雨点好大好急，可以把麻雀打落。每到暴雨过后，我们总是可以在路上不劳而获捡到好多麻雀和其他小鸟，有时候甚至可以捡到斑鸠。另外，小时候大队有蛮多梧桐树（可惜现在都死了），树叶又大又密，黄昏时麻雀和各种鸟都集中在树上落脚，密密麻麻怕有几百上千只，雀啭莺啼、唧啾叽喳，仿佛交响音乐会一般。有一次我突发奇想拿一块石头拼命往树上扔，你猜怎么着，落下的不仅是石头，居然还有一只麻雀。

最为刺激的是打野猫，这时就必须"左牵黄"了。野猫比家猫小一些，但皮毛带花纹且光亮得像是豹子，比家猫要漂亮得多。到了晚上，带上猎狗走到田野，不多久就会发现黑暗中有碧绿碧绿的光束，像是《星球大战》中的光剑，那是野猫的眼睛。这时猎狗兴奋异常，主人喊一声"嗅"——不知为什么叫猎狗去咬东西都喊"嗅"——一场激烈的追逐便开始了。野猫不是猎狗的对手，不管它如何迅速、拐弯、钻洞，猎狗总是更胜一筹，野猫只有上树一途，不过这正是我们所想。猎狗守在树下汪汪乱叫，我们随即奔跑赶到，气枪开始派上用场，不停往野猫身上射去，直到它吃不消掉下来，猎狗上前就咬，我们再用铁棍招呼，遍体鳞伤的野猫随即成为战利品。我们这的狗基本上都可以打猎，最好的是从新建县警犬基地搞来的淘汰的德国狼犬。这种狗大而凶猛，可以长到六七十斤，一双大耳朵竖起来几乎并在一块儿。德国狼犬嘴巴大、舌头长，牙齿利，叫起来声音低沉浑厚仿佛敲击金属，怪吓人，一般人看了都害怕，也正因为如此，才是男人的最爱。我大哥原来和他朋友小夏一人养了一条，一条叫"飞利"，一条叫"小云"，这两条狗成了野猫的梦魇，每年冬天不下几十只野猫被这哥俩消灭。可惜后来大哥的小云吃鱼刺卡到喉咙发炎死了，大哥难过得一个礼拜没吃饭，听人说还流泪了。那天我二哥骑自行车带我去大哥单位纸板厂看小云，可是小云死了。我现在还记得，回来的路上，我俩一言不发，我坐在自行车后座看着混合小石子的泥巴路在轮胎下慢慢后移——这个场景这些年来一直在我的脑海里流连不去。

稍显平淡的是用笼子对付黄鼠狼了，不过千万要小心它放屁，黄鼠狼的屁会把你臭晕。

冬天快过年的时候，尤其是冬至以后，家家户户要灌香肠、晒腊肉、腌板鸭，还要做冻米糖、花生糖、芝麻糖、沙琪玛。做这些都要熬小糖（就是麦芽糖）来黏合，而我们常偷吃。小糖好粘牙，不过比普通糖甜多了，这是我们爱吃的一个原因；另一个爱吃的原因自然是偷吃的东西更香。写到这里我想起了古人的那几句荤话，不过还是不说吧。做这些东西的器具，是木头框子和比擀面杖更粗的压具，其形状和磨盘的碾子一样，挺有特色。

6

前面提到看小说，实在有必要说一下，在我们这个娱乐贫乏的地方，看小说绝对是一件大事，它影响着几乎所有的学生——成绩下降。每个时代都有学习之外影响学生的一些因素，动乱年代是政治事件，和平年代就是兴趣爱好，学生的热情是不可能仅仅吸附在书本上的。这些兴趣爱好便是我们的第二课堂，重要性并不亚于学习，只不过不是所有人都能维持下去，但它们必定在一定时间内主导着我们的思想，决定着我们的行为，如果有好的引导，这些兴趣爱好可以开出美丽的花朵，如果没有则只会自生自灭。

每个人的兴趣爱好萌芽于何时不尽相同，有人晬盘握笔终成大儒，有人八十岁始对绘画感兴趣。在五年级下学期，库志刚借我看过金庸的《雪山飞狐》，这是我生平第一次看小说，和那些打小就看小说和名著的人可没法比。记得很清楚，我是下课回家等船时躺在堤坡的草地上开始看的，即刻入迷，不可自拔，一发不可收拾——这三个词语连用倒像中国女排的短平快。我特别爱看的是武侠小说，比如金庸、梁羽生、古龙、卧龙生的小说。当然，毫不例外的代价是学习成绩的下滑，因为有一半的小说是在课堂上看的，还有一半是上学及回家路上和回家后占用学习时间看的，总之是利用了一切时间和空间在看。就看书姿势而言，我最喜欢躺在床上头枕着被子看，仰面看累了就侧卧甚至趴着，屁股拱起，圈腿、伸腿、二郎腿……那份惬意无与伦比。虽然成绩下滑，我却从来不怪库志刚，毕竟小说太好看，况且就算不看小说我的成绩就能好得了吗？不知道别的什么又会把我吸引走了，这一点我倒是有自知之明。

　　那时候我们能看的小说不多，看的人却多，老师从讲台一眼扫下来一半的学生都在低头"用功"，想想他们的心头滋味还真觉得有些过意不去。因为能看的书少，所以都是左借右借轮流看，大家一遍看下来一本书也就遍体鳞伤了。书少的另一个结果是我们饥不择食，什么都看，甚至有人看过黄色小说，我知道。有一段时间不分男女都流行起看言情小说，尤其以琼瑶、岑凯伦的居多，我看的第一本言情小说是琼瑶的《碧云天》，现在还记得里面三个主人公的名字各带了书名中的一个字。不过言情小说毕竟不合胃口，倒是让我记住了一些古诗词（好像琼瑶最喜欢引用了，给主人公起的名字也带着诗意），不知道自己后来喜欢上古文课和这个有没有关系。

　　有学问的人是著作等身，我们的成就是看小说等身，到初中没毕业我就完成了一个引以为豪的目标：把金庸的小说"飞雪连天射白鹿，笑书神侠倚碧鸳"都看完了，其中最喜欢的《笑傲江湖》和《倚天屠龙记》看了不下三遍。上面这副对联是金庸老先生自己编的，把他总共写的十五部小说的十四部都包括了进去，天衣无缝，关键是侠客味表露无遗，实在厉害。还有一部没写进对联的《越女剑》我当然也看过了。那段时间正好电视上播《射雕英雄传》，是江西地方台，信号不好，我们都跑到何军家看，因为他家的电视装了室外天线，就是自己在房顶接一根铁圈，不过还是满屏幕雪花，人影模模糊糊、忽隐忽现，声音倒是清楚，这就更吊人胃口了。你知道吗，我从来也没看过这么好看的片子，越看不清越觉得好看，心痒痒的，尤其是"看"到片头中周伯通"双手互搏"和东邪黄药师戴着鬼面具吹箫的镜头，配上那诡异的音乐，简直激动兴奋得要哭了——我想我这辈子再也看不到这么好看的片子了，因为以后的电视不会这么"麻"了。何军这家伙好鬼，原来他家没买而我家有电视的时候，平时对我不大理睬，到星期六就变样了，特别亲热，还殷勤，有时甚至会带甘蔗给我吃，其实就是晚上想到我家看《霍元甲》。那时候《霍元甲》只在每个星期六放两集，平时不放。周六一看完，从周日开始，他又对我"冷若冰霜"了，如此周而复始，一直到《霍元甲》演完，我居然傻傻地没发现其中的奥秘，到后来才反应过来。现在我常常拿这个取笑他，他是怎么也不承认的，有时还会嘟囔一句："后来你也到我家看《射雕英雄传》，不就扯平了。"

金庸的小说看完我也到了高中，这时我主要看古龙的小说，他喜欢议论，写得很有哲理，比如："你愈下决心不思念对方，就会愈思念对方，因为决心不思念对方正是思念对方。""快乐是件奇怪的东西，绝不因为你分给了别人而减少，有时你分给别人的越多，自己得到的也越多。"对这样的语言我似懂非懂，就更感兴趣了——怎么会这样？古龙的小说武打场面不多，这也是和金庸不同的地方，金庸写的武打场面细致而详尽，每招每式都如天马行空，精彩绝伦，尤其是张无忌独斗六大门派以及和少林三大神僧大战三场的篇章，还有令狐冲在西湖梅庄和"琴棋书画"的大战以及在少林寺的"三战"，看得人血脉偾张，仿佛身临其境，就在边上观战。而古龙的武打几乎都是一招毙命，绝不拖泥带水，够酷的。古龙的籍贯还是我们江西，可惜英年早逝，仿佛宿命一般，他走的方式，酒，正如自己笔下的浪子，我想他是厌倦了现实生活，到自己的武林逍遥去了。

我第三遍看《笑傲江湖》中的一段时，不知为什么忽然领悟（自以为）金庸封笔的原因，姑妄言之：是情节、人物性格、武打场面甚至所用词语可能的重复。因为先生写小说的目的是娱乐读者而不是追求所谓社会意义（金庸本人语），故小说都是自编的，写了十余部难免会有所重复，加上老先生自知风格不可能改，当然也没必要改，所以封笔。

我的这个领悟绝不是对金庸老先生的不敬，绝不是。

顺便提一下，在初中看言情小说的后果是开始早恋。也许不是这个原因，而是到了十四五岁都会这样吧！光我们班上就陆陆续续有三四对，说陆陆续续是因为他们总是分分合合还会换人，倒是挺好玩的。有一件趣事我还记得，一个男同学喜欢一个女同学，那个女生父母管得紧，他每次约她就在她家门外唱俗不可耐的《星星知我心》作为暗号——唉！如果"月上柳梢头，人约黄昏后"的才子佳人知道他们的传统在今天是这样延续的，不知该如何失望呢！切莫光说别人，我也有过，初二的时候不知为何（应该是那个酒窝），我上课总喜欢歪头看坐在同一排但不在一个组的徐丽，可我是不好意思和她说话的，后来这个举动没逃过同桌胡小峰的眼睛，这家伙一遍又一遍取笑我，我打死不承认。不久后不知怎么这事就稀里糊涂过去了，我的歪脖子也得到了矫正，我想这或许可以按张无忌练得"九阳真经"前后对朱九真的感觉来解释吧——你真应该看看《倚天屠龙记》。金庸是这样写的："五年多前对她敬若天神，只要她小指头儿指一指，就是要自己上刀山、下油锅，也是毫无犹豫，但今晚重见，不知如何，她对自己的魅力竟已消失得无影无踪。张无忌只道是修习九阳真经之功，又或因发觉了她对自己的奸恶之故，他可不知世间少年男子，大都有过如此糊里糊涂的一段初恋，当时为了一个姑娘废寝忘食，生死以之，可是这段热情来得快，去得也快，日后头脑清醒，对自己旧日的沉迷，往往不禁为之哑然失笑。"

每个人的白日梦（或曰幻想）应该都是从一个女孩子开始的吧！那段时间每天和阿笑走在放学的路上，我一边和他说话，一边自然就会想象着徐丽在和谁走路，在说什么，会不会提到我，她的酒窝谁在看，等等等等。从此以后，白日梦开始成为我的顽疾，再也挥之不去，也不想挥去。

到高二时我开始读名著，不过这源于一个奇怪的开始：邱绪伦给我偷来了一本书——现在你终于看到一个文雅点的名字了。我们这给人起名字好土，既没有谢安式的儒雅，也失去了苏洵式的寓意，不过倒是铿锵有力且整齐划一，男的以国、强、华、建、忠为主打，女的有红、英、秀、芳、玲为代表，原因嘛，自然是强大的时代潮流使然，这个连我也知道。邱绪伦的妈妈是老师，所以家住学校（为方便上课老师都被安排住学校），学校有间阅览室，每个月的三十八号对学生开放：向雨果致敬，他在《悲惨世界》里写过类似的话，说每个月的三十八号就是从来没有过的意思。邱绪伦那天不知为什么心血来潮，晚上偷偷从阅览室的窗户爬进去，给我偷了一本书，就是《悲惨世界》，一本或许会影响我一生的书。为什么这么说？因为这第一部名著如果自己看不懂或不感兴趣，以后可能就不会看了，如果不再看，我以后的人生一定是另一个样子，这是肯定的。我感觉现在的一言一行都是这些书在指引。所谓名著，除了优美的文字，更是里面的思想和精神在改变人，你总是不知不觉中以之为榜样，学习书中人说话、做事、思考的方式，潜移默化以至沦肌浃髓，最后融入和决定你的生活。影响人的方式有很多，不一定非得是重大事件，你的一生甚至可能是决定在看似微不足道的一些小事上，或许是听到的一句话，或许是看过的一本书，或许是一时的冲动，甚至或许是做的一个梦……以我的阅历还找不到什么具体的例子，但我相信有很多很多。

　　我不想说自己能全看得懂或多喜欢读名著之类的话，这实在太矫揉造作难免招来一场戳骂，不过名著好像征服了我，确切地说是雨果征服了我——在我的印象中，除了乔丹还没谁能征服我。如果再确切一点说，就是雨果对事物的描写和评论（我们的作文里称之为夹叙夹议）征服了我，比如在《悲惨世界》中他对断头台的评价，其中有一句："所有的社会问题都在那把板斧的四周举起了它们的问号。"比如对鲜花的评价，他说："美和适用是一样有用的，也许更有用些。"比如他评价天真："天真本身就是王冕，天真不必有所作为也一样是高尚的，它无论是穿着破衣烂裤，或尊为公子王孙，总是同样尊贵的。"这样精彩深刻的评论比比皆是，整本书里这种警句我用笔画得满满的——偷书不但不算偷而且不用还了，偷书的人还被冠之以"雅贼"美称，中国读书人的这个传统真好。我不敢说雨果这些话我都能理解，但它们确实让我领悟到一些什么并为之感动。文豪实至名归，他的语言可以深刻到震撼心灵，也可以优美得无以复加。让我再举一段雨果对夜空和心灵的描述吧，真的太美了："面对着太虚中寥廓的夜景，寂然默念，以待瞌睡，在他，这好像已经是一种仪轨了。……他在那里，独自一个人，虔诚、恬静、爱慕一切，拿自己心中的谧静去比拟太空的谧静，从黑暗中去感受星斗的有形的美和上帝的无形的美。那时候，夜花正献出它们的香气，他也献出了他的心。……他只感到有东西从他体中飞散出去，也有东西降落回来。心灵的幽奥和宇宙的幽奥的神秘的交往！"

这是不是世界上最美的语言啊！

好吧，不要太绝对，在灿若星河的人类文化长河中肯定有很多这样优美的语言，比如中国的诗歌，它们美轮美奂，精彩奇绝，像一座座巍峨并峙的山峰，感动和吸引着各个时代的人。中国人常说的"文无第一"可能就是这个意思吧。

连我这几句也是文绉绉的，算是沾了文豪们的光了。

这里我必须说一下，不同译者译出的名著真有天壤之别，课本上学到严复先生说翻译要在"信、达、雅"三个方面下功夫实在是真知灼见。我看的是李丹翻译的《悲惨世界》，后来看过另一个人翻译的几页，那感受就像看会计账本一样呆板、无趣，虽中规中矩，但哪有灵感和美感？又像爱吃的食客看到精美的食材被平庸的厨师浪费时那样无奈甚至生气；再打一个比方，如果洪七公看到郭靖而不是黄蓉在烧"叫花鸡"，一定会气得吹胡子瞪眼。

可惜邱绪伦心血来潮的次数太少，钻窗子看来也不是他的爱好，所以《悲惨世界》我只看了第一部，然而这打开了我封闭大脑里的一扇窗子。后面我自己在南昌的地摊上（体育馆侧面那条路）买了一些名著，都是旧书，其中最值当的一本是歌德的《少年维特的烦恼》。你要问我为什么不到新华书店买，很简单，新书太贵，我没那么多钱。从《悲惨世界》起，我读名著的记忆一直延续到现在、今天，应该会不再间断地一直继续下去了，这种日子也让我摆脱了本会品尝的孤独无聊或干脆学坏的可能。记得我买回《少年维特的烦恼》时，书好旧还有灰尘，我用酒精擦了两遍又晒了半天太阳。这本书很小，字数不多，对我的影响却很大。首先我看哭了；其次，里面有很多很形象的词汇让我大感兴趣，比如"湫隘、觊觎、纡尊降贵、娴静、囿于"等等，这直接导致我开始"抄"字典（同桌老叶开始骂我神经病），就是在上课的时候拿本子抄字典上那些我不熟悉又觉得有用的字和词，从中我发现汉字居然是这么的丰富多彩，自己又是那么的孤陋寡闻。比如玫瑰的瑰，我读了一辈子的"gui"第四声，其实错了，是第一声；比如呆板的呆，大家都读"dai"，其实应该读"ai"第二声。另外有好多意思差不多的词很少见却很好，自己是从不知晓的，比如形容笑的就有"莞尔一笑、嫣然一笑、辗然而笑、以博一粲"等等；形容生气的就有"愀然变色、怏怏不乐、悒悒不乐、蹴然变色"等等；形容山的就有"岧峣、巉岩、壁立千仞、下临无地"等等。我见过的最有意思的一个词是"彳亍"，两个偏旁部首居然可以独立成字，合起来是行走，分开就"缓慢、犹豫"了，真是好玩又有道理。还有一个"疲"字，专门表示"马累了"的意思——想不到马的待遇这么高，有自己的专有名词，估计是因为在古代马太重要，打仗运输都少不了吧。我不知道自己怎么会对文字这么感兴趣，字典抄完了又抄成语词典，到现在抄了一小半，几个关于"手脚"的成语引起了我极大的兴趣，"缩手缩脚、蹑手蹑脚、毛手毛脚、动手动脚、大手大脚"，从胆小谨慎逐渐到胆大妄为，都被形容比喻得妥妥帖帖。

汉语真伟大。

如果说我现在写的这些还用上了一些好的词语或成语，那非得感谢这段经历不可。

我不明白为什么男人也会像女人一样爱流泪，偏偏还是自己，无奈之极。说到哭，也许我是韩愈的宾客唐衢转世，他的爱哭世人皆知并留下了"唐衢善哭"的典故。然而我绝不以此为荣，非但如此，其实我好恨自己的脆弱，因为这意味着当众出丑。这种羞愧的记忆最早可以追溯到一年级的六一儿童节。那天学校组织我们到场部看电影，片名早忘了，好像也不是很感人，不知为何我哭得稀里哗啦，要命的是还发出了好大的声音，旁边的学生都看着我发笑，我当时真是希望"下临无地"，找个洞钻了，可又控制不住，抽泣不已，像个傻瓜。一直到现在，看什么稍微感人一点的电视或电影，有时候是一本书，我的眼泪就会不受控制不由自主地流出来，不过我会假装眨眼睛或低下头偷偷擦掉而绝不会像思夫的波斯妇女那样拿个泪壶接着。

　　还有一件事似乎也应该提一下，高二开始席慕蓉的朦胧诗在学校流行，一些女同学纷纷模仿她的方式写起来，就连我也写了很多，有时会和她们交流，这也是我为数不多的和女同学的交往。不知为什么越到高中后期越觉得她们遥远了——我好像写了好多"不知为什么"，不过我也不知为什么会有这么多"不知为什么"。她们总是说我写得不错，但是我认为自己拿得出手的只有两首，对它们我倒是蛮自负：

小　山

八百米的小山登了一天，

三百天的冷暖侵了一身。

终于，

不再有高度。

我斑驳的心啊！

已坠入深渊。

远　行

我是天空的一片云
注定今世随风。
逝去了身迹，
也逝去容颜。

也许我凝成一阵雨，
洒落你身前，
不必讶异，
那是我在为你的前路，
洗去尘埃。

也许我化作一天雪，
飘落你身前，
不必讶异，
那是我在为你的远方，
铺垫无瑕的坦途。

而我之魂，
一直一直随风，

在越来越高的天空，

远行。

　　除了看小说，这里的大众娱乐就数看电影了。一个月农场的电影院一般放四场，有时候还没有。热门电影买票排队打架是常事，比如《少林小子》《南北少林》《武当》等等。在我们这只有打武的电影才会掀起高潮（这里一般称武打片为"打武的"，你说俗气吧），少林和武当也是这时候才"走出大山"广为我们熟知的。不过最火的《少林寺》是在场部球场露天放映的，可能是怕看的人太多在电影院排队买票会出事。那是夏天的一个夜晚，真是人山人海，挥汗成雨，南湖的我们都坐船过来看，两条船摆渡几次才装完，球场附近有很多人家搬出了竹床、躺椅。那晚农场第一次出现了走动卖零食和水果的，第二天球场成了红色西瓜皮的沼泽，其上点缀无数花生瓜子——壳，像是一艘艘帆船。

　　这些年我在电视里把《少林寺》又看了好多遍，有些关于佛教方面的台词都记住了："蛇形缠身需还招，我佛慈悲亦惩恶；穿起袈裟事更多；没吃三天素，就想上西天；凡无心于事无事于心，则虚而灵、空而性。"最后一句我都不知道为什么也感兴趣。

　　电视里除了播出放映过一年以上的电影外，有些节目还是蛮好看的，比如体育节目、《动物世界》、《正大综艺》等等。

我看过一个纪录片，片子拍得很有气势，尤其是片头曲写得极具特色、才华横溢，我和大队的朋友小漆一道配合（电视可没暂停），看了几集才把它记录下来：

大风歌

大宇宙　造就了大明大暗

大昆仑　发祥了大江大河

大人物　经得起大悲大喜

大事业　总得有大起大落

五千年　大火凤凰　大泽龙蛇

五千年　勃勃大气　泱泱大国

文采风骚　从来靠的是大手笔

金戈铁马　从来唱的是大风歌

另一个娱乐是听广播。广播我所喜欢的是以下几类：评书、体育节目、流行歌曲、电影，不过这样排列并不表示兴趣递减。评书都是中午十二点半开始，半小时听完正好去上学，所以碰到爱听的评书就得牺牲午睡了。我们常常是三五个人守个大匣子一块儿听，一边还端着个饭碗，听到精彩处忍不住一起喝彩饭都要喷出来。什么《三国演义》《水浒传》《三侠五义》《岳飞传》等等，听了都不下两三遍。就我而言，对评书印象最深的桥段并不是"三英战吕布"而是《岳飞传》中高宠挑滑车一段：

"那高宠连挑十一辆滑车，挑到第十二辆时，坐骑疲惫，掀他于马下，措手不及，被滑车碾死。"我们实在替他惋惜和悲叹。讲评书的除了袁阔成、单田芳，还有刘兰芳（女）和田连元，不过最后一位说的杂一些，也有近代的评书。田连元讲的评书有一部是《吉鸿昌》，他最后的临刑诗我现在还记得："恨不抗日死，留作今日羞。国破尚如此，我何惜此头。"当时听到这首诗时我热血沸腾、泪流满面，低了好久的头不敢抬起来。除了袁阔成外，另两位的声音似乎有些"女"，刘兰芳的声音则有些"男"，但是听进去了也是一样精彩。听评书的附属娱乐是看图书，都是以评书为蓝本画出来的，每页图画配以寥寥数语简介情节，虽是黑白不带彩，却十分形象生动，尤其是大英雄、大坏蛋，都令人印象深刻，长久不忘。

广播里中央台在评书开始前的十五分钟（十二点一刻）是体育节目。节目开始配之以一段雄壮的体育音乐，应该是什么进行曲，音乐名不知道。我对体育的热爱（女排、乒乓球、世界杯、美国职业篮球联赛——就是大名鼎鼎的 NBA）就是它培养的。说到广播和体育我想起一个在《为您服务》里看到的趣事：中国第一个电视播音员沈力曾经在解说一场篮球比赛时，将"抢一个篮板球"说成"抢一个篮球板"而写检查。

再往前十五分钟（十二点整）是音乐节目《八音盒》，每天可以听到四至五首流行音乐，偶尔还可以听到一些外国的歌曲。有一首创作年代和我同年的歌曲好听异常，歌名《昨日重现》，演唱者好像是叫卡伦·卡朋特。这首歌听一辈子都是美的。这里我想厚着脸皮夸夸自己，我应该对音乐有些天赋，尽管这个天赋肯定要浪费了。那时我们学歌都是从广播或录音机里学的，广播除了中午的《八音盒》就是下午放学后的《听众点播的文艺节目》。不过比我学得快、学得好的还真不多见，比如那首《酒干倘卖无》，最后的高潮连续且快速的部分除了我就很少听哪个唱得出来，我耳畔常常会响起苏芮那奔流直下的歌声并随声吟唱："虽然你不曾开口说一句话，却更能明白人世间的黑白与真假，虽然你不会表达你的真情，却付出了热忱的生命。远处传来你多么熟悉的声音，让我想起你多么慈祥的心灵，什么时候你再回到我身旁，让我再和你一起唱，酒干倘卖无……"还有费翔的歌，我基本全学会了。有一次去二哥所在的常桥农场，要坐几个小时汽车，实在乏味，我硬是在心里默默把他的专辑磁带《四海一心》翻过来倒过去唱了两遍。另外，我还有一个得意的记忆：小时候在大队上学，每周三上午最后一节是音乐课，数学兼音乐老师总是教一首歌，哪个先学会就可以先回家，从无例外，每次都是我在干草垛上睡着了被第二个学会的家伙吵醒。

　　但是到初中我的这个优势就不复存在了，因为音乐课被取消了！恼火！

　　我知道任何自吹自擂的言行都会令人反感生嫌，就连我写下上面这些时也对自己起了厌恶感，但还是不愿意删除，估计是虚荣心又在作祟了。

顺带提一句，敲锣打鼓不停歇的京剧太吵我不爱听——好像五十岁以下的人都不爱听吧！但里面有些唱词却给我留下了极深的印象。这些唱词是偶然在电视上看到的，没看到的不知还有多少，说中国文化博大精深看来并非我们在世界上自夸，几乎任何领域我们都有顶尖杰出的艺术品。可惜京剧那直穿云霄的分贝让我没办法多了解这些精彩美丽的唱词："儿想娘来难叩首，娘想儿来泪双流。""霸业方看垂可成，何来四面楚歌声。成亡兴衰同儿戏，从此英雄不愿生。"

在广播里听电影现在已经不怎么流行，可在那时却是不小的享受，因为有上海电影译制厂，因为有邱岳峰、童自荣、刘广宁、李梓、乔榛、丁建华……《简·爱》里的"罗切斯特"是邱岳峰配音的。后来听过一个评述，说他的配音是难以逾越的高峰。可惜邱岳峰过早离去了——以一种决绝的方式。我想说一句可能不礼貌也不合时宜的话：很多人都是在逝去后才让人记住并被尊重起来。《佐罗》是仅次于《少林寺》受欢迎的电影，"佐罗"和"觉远"都是童自荣配音的，那声音真绝，英气勃发、洒脱奔放，一个玩世不恭又充满正义，一个狠劲十足又青春良善，张扬的个性都展现得淋漓尽致。《叶塞尼亚》《黑郁金香》《卡萨布兰卡》《乱世佳人》《魂断蓝桥》……每一部电影都是听觉的盛宴，一个个带有磁性的声音配上那个性化的语言，声情并茂，精彩绝伦，令人神驰遐想，得到莫大的享受。我想他们的声音一定会永远刻在很多人的心中，这些岁月留声理应在中国艺术史上拥有一席之地。以后的娱乐种类肯定越来越多，但美感和带给人的艺术享受却不一定能超过现在。

小说《简·爱》我最近才看完，可是电影早"听"过了，我觉得那改编的台词并不逊于夏洛蒂·勃朗特的原著："你以为我穷、不好看，就没有感情？我也会有！如果上帝赋予我财富与美貌，我也要使你难以离开我，就像现在我难以离开你。我们的精神是同等的，就如同你跟我经过坟墓，将同样地站在上帝面前。"我现在对这些台词还记忆犹新，可以一字不漏一气呵成地背出来，正如我现在写出来这样。

其实还有一种娱乐活动虽然没有中央台的途径传播，却好像更加深入地影响着我们，那就是港台歌星影星的大举"侵入"。不知道从什么时候开始，仿佛一夜间，那些明星的头像、声音就占领了无数原本该记读书笔记的本子和录音机的磁带。当然，这件事女生更为痴迷，不过也有很多刚开始长胡子的家伙在笔记本里贴满了"四大天王"的头像。不知道是为什么，对于这些明星我有着截然相反的两种感觉，一方面很喜欢听他们的歌，看他们演的喜剧片、枪战片、武打片，另一方面又觉得他们也不过是常人，不过是运气好，在那个机会很多的环境里幸运地出了名。当他们暴露出文化的匮乏时（原谅我这么说），我的这种感觉就特别强烈。其实我也知道这种认识不对，但就是改变不了。有时候我是明知错了还要继续的，这倒证实了我们老祖宗的正确性——他们早就说过属牛的人脾气倔。港台影视中有几首歌很不错，豪气纵横，比如《沧海一声笑》《男儿当自强》。当然，电视剧《射雕英雄传》的插曲是最好听的；里面几首诗也很好，英气逼人，"天下风云出我辈，一如江湖岁月催。皇图霸业谈笑中，不胜人生一场醉。"好像都是黄沾写的，还有一个姓顾的吧。而"清音俗世留，纷争几时休；谁能破名利，太虚任遨游"就不知道是哪位无名高人的杰作了。

最后再说说《读者》文摘吧。这是农场能看到的最好的杂志，因为它大大增加了不能行千里路的我们的见识。我们会摘抄《读者》上有趣的内容，也有很多好文章、好故事给我们留下了深刻的印象。它们在潜移默化中影响了我们的言行，有时候甚至是醍醐灌顶，使我们不至流于鄙俗，在这个偏僻寂寞泥淖遍布的角落，心里还保存起一些美好和渴望。

1.国际象棋世界冠军苏联人卡斯帕罗夫的记忆里有一条：尽管他不懂外语，但他可一字不差地"复述"任何外国人连续三分钟的讲话。——没想到我常做的白日梦有人居然可以实现。

2.沙特阿拉伯国王法哈特制定了一项法令：犯人只要能将《古兰经》全部背熟，刑期即可减半，这叫"牢记真主的话，重新做人"。——还是记忆力的功劳。

3. 日本有个狂喊比赛，因为平时太压抑需要发泄才有的比赛。——我们差班学生天天可以这样发泄，倒是需要相反的静默不言比赛。

4. "法国社会百分比"其中一条: 60%的婚礼在五、六月举行。——我不知道法国为什么这样，但我知道中国的婚礼90%都在五一、十一举行，有例为证：我大哥婚礼十一，二哥五一，大姐五一，二姐十一，喻森林姐姐十一，连曹玉珏也将在十一举行婚礼——等下你就知道谁是喻森林、曹玉珏了。

5. 读者上有很多短小精悍的好故事，举个印象深的例子。一个寒冷的冬天，纽约一条繁华的街上，一个盲丐脖子上挂着一个牌子：自幼失明。一天他向一位诗人乞讨，诗人说："我也很穷，不过我给你点别的吧。"说完，他便在乞丐的牌上写了一句话。那一天乞丐得到了很多钱，后来他又碰到了诗人，问他写了什么。诗人答："春天就要来了，可我不能见到它。"——我觉得这是对比产生的同情，再加上诗化，就更打动人了。

6. 还有一些有趣的奇闻逸事：伦敦的猫比挪威的人多；用英语从一写到一百，你会发现没有一个字母"A"出现；苍蝇的脚要比人的舌头敏感一千万倍；每分钟世界各地发出的信约有500万封；平均要500只蜜蜂一齐蜇人才能将其毒死；只有一半的人两腿长度相等——我觉得可能有更多的人，第二个脚趾的长度要比脚拇指长。

7. 美国好怪，各个州法律不但不同，还有好多古怪的规定：

在蒙大拿州，不准在水里吹水泡（谁看得见）；在西弗吉尼亚州的火车内，禁止打喷嚏（忍不住怎么办）；田纳西州规定，算命者必须为大学毕业生（如果在中国那就找不到算命的了）——最后我和老叶总结了一条：美国佬都是吃饱了撑的。

8. 几个有趣的儿童造句："难过"——我家门前的大水沟很难过；"如果"——罐头不如果汁有营养；"天真"——今天真热，是游泳的好日子；"十分"——妹妹数学只考了十分，真丢人；"从容"——我做事情，总是从容易的做起。——看完把我笑死了。

9. 里根的几篇演讲稿写得太好了，其中一篇是对"挑战者号"航天飞机失事全体宇航员的颂词《真正的英雄》："或许在相互间的安慰中能够得到承受痛苦的力量并坚定追求理想的信念。""对他们来说危险从来就是一位熟悉的伙伴。""我们能找到的唯一安慰是，我们心里知道，飞得那样高、那样惬意的你们，现在在星际之外找到了上帝许诺的不朽生命的归宿。"——我承认最后一句深深打动了我。

7

老叶——我的同桌，调皮捣蛋绝世高手。

任何人对他的第一印象必定是犬牙交错的一脸粉刺（这样的人长得快），然后才是高个和不像话的活跃。我一抄字典不和他吹牛他就没劲，总想着办法打岔，逗我说话。有一次叫我猜他口袋里有什么，说如果五次内猜出来就请我吃饼干，否则我请。结果我请了。叫你猜五次也猜不到，他口袋里居然他妈的是鞋垫——还是一只——不过这才是老叶！

好多外号的出处像考古一样有历史背景，但老叶为什么叫"老叶"我不知道，也不见他有多显老，反正大家都这么叫。其实很多同学和我一样觉得他不应该叫"老叶"而应该叫"小叶"或"小小叶"，因为这家伙太有童真了（我们这个岁数可以开始对别人用这个词了吧），什么花样都玩得出：上课叠飞机"轰炸"前面的女同学，还美其名曰"对英宣战""对德宣战"（正好两个女同学名字中有"英德"两个字），弄得教室像停机坪；放学路上提议我们比赛骑自行车，双手都不准握龙头，看谁骑得最远，最后总有几个家伙摔个嘴啃泥博得大家的欢笑；冬天在课间休息时让大家分成两边靠着墙壁互相挤，说可以取暖，每每挤完后衣服上蹭的灰尘让下一节课喷嚏声如对山歌般此起彼伏。老叶经常上课拿两面小镜子一前一后地照，这样就可以看到后脑勺上的头发长什么样了，他总说后脑勺比额头好看（那是当然，他的额头被粉刺军团封锁了）；有时候把钢笔套（要平头的）拔下来，顿在课桌上，用手掌在上面抹过，钢笔套翻个身又可以顿起来，这个游戏他比我玩得溜；有时候在两个手指之间转笔，循环往复，这个他也比我玩得好，气人。除此之外，我俩打发上课的无聊时间最常见的玩法是比谁更长时间不眨眼，对着看，频频挤眉动手干扰对方。不过这一项他是我手下败将。

至于谁是木头人（不准动和说话），这个多动症尚未治愈的患者自然也常输给我了。老叶还很喜欢和我玩文字游戏，总不服输，我们比谁能说出更多名词倒过来变成动词时（偶尔在杂志上看到这个游戏），我说出了"锅盖、盖锅，牙刷、刷牙，风扇，扇风"，他说出了"人生、生人，床上、上床"，把我笑死了。还有绕口令，老叶最喜欢玩又说不好，不服输的精神让我们经常笑得抹眼泪。

是这样的，这里的人好坏，发明的绕口令也冒着坏水。有一个例子，只是冒坏水例子其中之一：狗吃我屎、我屎狗吃；我屎狗吃、狗吃我屎……每两句重说时掉个个儿，循环往复。每次说不上两句，老叶必定要说成"我吃狗屎"，而且他越挫越勇，越勇越挫，每天都要"我吃狗屎"，把我们都笑开花了。老叶这种自娱娱人的精神是我们最爱的。

我们喜欢玩的还有自创的猜谜语，灵感的源泉和极限是对"照"这个字不知何年何月无名人士的谜语创作："一个日本人，拿了一把刀，杀了一口人，留了四滴血"——真他妈简单好笑。我和老叶还有其他一批对上课感到像喝完饮料再喝白开水般乏味的家伙（女生不在少）自创了很多这样的谜语，非常简单一猜就会，图的是当时哈哈一笑把上课的时间打发掉。比如：跳绳的两个人——丛；提心吊胆做数学题——忕；第二只耳朵——邓；男木头——松；甜木头——某，木头三兄弟——森。难一点的有：太阳把脸盆晒出了水——温；被雨水夹攻的尸体——漏；首都出了三个太阳——影。我还不忘取笑老叶：比二的三次方还多两张嘴巴；他也及时还击：不想死、不爱书、活埋孔子传人的皇帝。

我和老叶经常就一些"学术"问题发生争论，他告诉我，如果你盯着某个字一直看、一直看，你就会发现这个字不像"它"了，而且你也慢慢不认识了。我知道他说的不像它的这个"它"是什么意思，我却相反，看某个字一看就觉得"很像"，仿佛这个字就是它要表述的意思的"化身"。比如"他"就好像一个头发长短适中的男人的侧面；"她"就像一个穿旗袍的女人的髋骨；至于"它"则百分百像一条白色的小狗。不过偶尔在某个时刻，老叶说的这种现象也发生在我的眼前，然而大多数时候我还是对汉字的象形功能信心满满的。上政治课的时候，老叶说国家应该给每家每户都免费发放电器，电视机、冰箱、洗衣机等等，既然工厂可以生产，大家自己生产自己享用为什么不行，工作的目的不就是提高人民的生活质量吗？我反对说，那样很多人就会偷懒，反正国家有分配，如果偷懒的人太多，国家就发展不起来。他又反驳说，不可能会偷懒，因为生产的东西是给自己的。这个问题我们谁也说服不了对方，直到毕业也没有争论完。还有一个问题我们倒是达成了一致，那就是国家应该死劲印钞票，这样就可以多多进口外国的好东西，然后免费分配给大家，提高大家的生活水平。另外我和老叶对美国不控枪（看新闻美国每年有 6~8 万人死于枪下），都觉得不可思议，认为美国佬好傻。

十二岁我的脚就长到了 42 码（现在还是），当时在大头家看一本杂志，说这个年纪脚这个码数将来的个子可以长到一米九一，我担心和兴奋了好久。大头一边嘲笑我的脚一边又羡慕我的将来。我现在二十了，发育已经完毕，个子还是不算高，我又有些失望，不知大头是不是只剩嘲笑了。后来我把这事告诉了老叶，他说："好在你十二岁的时候没有告诉我，我当时的脚是 43 码"。

弄不清是老叶影响了我，还是我影响了老叶，我们俩在怪思乱想、异想天开方面一直是并驾齐驱、难分伯仲的。我觉得粽子包成心形或其他有趣的形状比现在千篇一律的样子要好看得多，而且也会让人食欲大增；雨伞的一半应该长一些，省得背后老淋雨；马路来回两个方向最好一高一低（只要高一点，肉眼看不出来），这样骑车就毫不费力，溜行即可。老叶则说冬天吃饭的桌子要有加热盘子的功能，这样放学回家就不会老吃冷菜了；自行车应该加一个自动推动脚踏板的机关，骑累了就可以休息，恢复了体力再骑；饺子包成心形或圆形更好看（明显模仿我，他死不承认，说小时候就想到了，比我还早）。不过我们都是只负责想，如何实现的问题留给了发明家。

我和老叶有一个相同的生理现象导致产生了一个共同的爱好，我们冬天都会冻耳朵，冻得结壳，一到春天耳朵痒得要命。于是我们上课的共同爱好就是抠这些壳，越抠越痒，越痒越抠，恶性循环。这种爱好常常有一个两败俱伤的结局：血流得一桌子，吓死人。

老叶真的好会长，我确信这是得益于粉刺，因为我看过很多脸上长满痘痘的家伙都是高个子。科学家如果朝这方面研究或许可以解决矮个子的苦恼。他和我不是一个大队，高一放暑假时比我矮半个头，一开学居然比我高半个脑袋，搞得我对他由俯视变成仰视了。不晓得他爸爸给他吃了多少只小公鸡。老叶也好倒霉，有一次把我们笑死了。那天晚自习下课大家都饿了，提议到老叶他们大队偷红薯。老叶开心得要死，自告奋勇带上我们到"某家"的地里偷了好多。吃完，他坏坏地笑着说："不知道是哪家倒霉让我们偷了，哈哈。"第二天老叶一来就哭丧着脸，一言不发，估计这是他学会说话以来第一次没有动用嘴巴这个器官（睡觉他也要说梦话的）。和他一个大队也和我们一起偷了红薯的林志勇笑得白沫都要喷出来。他说今天老叶的妈妈对着空气骂了一早上，不断诅咒："哪个打短命（南昌话，"短命鬼"的意思）的偷了我家红薯……"把我们笑得快断气了。现在这件事还是我们经常拿出来咀嚼和反刍的笑料——特别是老叶熬烈（南昌话，"不听话"的意思）的时候。

别看老叶人高马大，胆子却特别小。有时候下晚自习走出学校我们爱讲鬼故事，常见的是厕所的毛手（这个好像流行于大江南北），或哪个小干部晚上出来撒尿看见半空中一个穿白衣的女鬼飘来飘去，然后我们就故意跑开。每到这时候老叶都会吓得哇哇乱叫，用比平时快五倍的速度追上一个同学抱住，不管男女，惹得我们哈哈大笑。说到"抱"，我倒是想起一件好玩的事。初中的时候我们喜欢玩"蒙蒙躲躲"，就是在房间一个人用布蒙住眼睛抓其他人，然后还要猜出抓到的是谁。有一次一个女同学抓住了突然进来的同学的父亲，摸着他的大鼻子猜是某某某。我们当时好想笑又不好意思，都憋住，出门后笑了一个多小时。

老叶和我是打篮球的队友，这家伙打球好软，我八十多次告诉他打球不硬点会被别人撞，他也答应了八十多次，可就是改不了。有一次他跳到空中抢球时躲了，结果被别人撞出了鼻血，血流了一大摊，实在惨不忍睹。好在这家伙小公鸡吃得多，血量多，没多大事。我算知道什么是江山易改本性难移了。

8

篮球！我似乎应该恨它，可对它又是那么狂热啊！

记得第一次打篮球是在很小的时候，某天和几个大一点的学生到武装连去玩，玩的就是篮球。解释一下，我们这里每个大队都有犯人，因此都驻扎有部队。那时候我长得小而矮，所以那天我不是投球而是扔球，一个上午好像就扔进了三个。后来一直再没玩过篮球，因为大队没有篮球场，只能打乒乓球和排球。乒乓球只要有球拍和球就可以了，石桌和课桌都可以当球台；排球则需要场地，拉球网，还要画线，挺复杂的。不过那时候很多大队都有排球场，应该是受中国女排的影响。我又发现（我好像发现了蛮多东西），很多事情并非组成这件事当中的成本最高或个头最大的最重要，反倒是最不起眼的可能最关键。这么说没头没脑，举个例子就明白了：比如打乒乓球，看似球桌球拍贵重，乒乓球小小一个，可没有乒乓球你无论如何也打不了"乒乓球"。而没有球桌可以用石桌、课桌代替，没有球拍可以用木头拍代替，没有球网可以用砖头、木棍代替，虽然感觉差了点，可只要有乒乓球在，毕竟还是打着了"乒乓球"。如果没有乒乓球你打什么？延伸开来该有这么一个认识：光鲜亮丽的外表不及一颗正直的心。

　　说远了。到初二我才开始"密集"地打篮球，这都是因为那次看见高中生周和平漂亮的后转身——又一个第一次的清晰记忆。我现在还可以在脑袋里随时看到这个画面：那篮球居然和手连为一体，画出一道优美的弧线带着身体转动，极像冰上自由滑的潇洒转身，还顺带把对手给过了，真他妈帅！于是我打篮球就从刻苦练习后转身开始，到现在除了后转身，什么背后运球、胯下运球、变向运球的动作都熟练了。我们每天下午放学唯一做的就是打篮球，连小说也暂时抛到一边，作业就更不用说，有时候连课间十分钟也不放过，可以说有些疯狂了。多的时候一天可以打两场全场的对抗赛，有时甚至三场，就是五对五的正规比赛，不过通常没裁判，犯规全靠自己喊。对篮球的饥渴我们不得餍足，简直就像对药物产生依赖的患者，如果哪天下雨打不了球，心急火燎真是折磨，像热锅上的蚂蚁，急得似乎要发疯。不过打完篮球骑在车上常常会感到一股戾气袭来，感觉像拳王泰森，力气大得惊人，可以一口气将人打瘪——不知为何会有这种戾气。打完球无论是洗澡还是痛饮啤酒都是莫大的享受，我的酒量（从不会喝到能喝几瓶）就是那时候提高的。我必须强调一下，你在最热的夏天、在最渴的时候喝上一大口冰啤酒，那种痛快、冰爽、直透心肺（是心肺不是心扉）的感觉绝对是你在这个世界上最美妙的几种感觉之一，可能只有我想象中的那种感觉可以媲美——我什么意思你应该懂。由此我想到，人只有在生理极限下得到满足才会有最大的快感，比如饿极了再吃、渴极了再喝、累极了再休息等等，都可以获得这种极尽的享受，只不过有吃有喝的我们不愿意主动先受罪而已，所以我们获得的快感通常都是普通的，不是最大最完美的。只有那些挑战极限的勇士才能享受、才配享受到这些最美妙的感觉，由此看来老天是公平的，唯付出才有回报。从这个角度而言，古今中外那些令人羡慕的锦衣玉食的纨绔子弟其实并非时刻都能体会到幸福。托尔斯泰在《战争与和平》里说，"生活条件过分优越，就会使人丧失需要得到满足时的幸福"，这是和老子的辩证法一样充满哲理的真理。

为提高弹跳力，我叫妈妈做了一个沙袋，里面装满沙子，绑在小腿上，外面罩上长裤就看不出来了。我走路绑着它，上课绑着它，就是打球的时候也绑着它，这样绑了将近两个月脱下来，弹跳力果然大涨。我打赤脚 1.72 米，手伸起来 2.2 米，现在起跳可以一只手扣住篮筐了，垂直弹跳大概 90 厘米。我很喜欢跳起来冲抢篮板球的感觉，尤其是在大家一起起跳时从别人头顶强行摘掉，并在空中霸气地大喊一声"我的"；我很喜欢快攻飞身上篮，滞空时似乎有飞翔的快感；不过我最喜欢的是突破上篮时在空中躲避防守人再把球投进去，NBA 术语叫作"拉杆"，那种闪转腾挪的潇洒劲无论是施者的快感抑或观者的美感都是无与伦比的。

当然，这一切都是学乔丹的。

乔丹，多少人的偶像啊！像神一样。如此优雅，又如此勇猛；如此从容，又如此迅捷；如此细腻，又如此果敢。时而闲庭信步；时而快如鬼魅；时而声东击西，时而直捣黄龙。其想象力、创造力、洞察力、执行力都是超一流的。只要他发动起来，瞬间可以改变战局，一个人就能够攻城拔寨，其雷霆一击总是将对方的城池摧枯拉朽般毁灭。看他打球（应该说表演）既令人心旷神怡，又令人血脉偾张，难怪"大鸟"博德说乔丹就是披着 23 号球衣的上帝本人。我想在我们中国球迷看来，乔丹就是金庸版的绝世高手——就在你身边和现实生活中。唯其如此才更加难能可贵和令人兴奋。我看到过一个报道的数据，正常男性的脂肪占人体体重比例为 12%～20%，通过锻炼减少到 5% 就是顶级运动员的标准。乔丹是多少？3%，几乎达到了人体的极限，实在令人瞠目结舌。还看过一个节目，是计算乔丹从罚球线起跳扣篮的，乔丹的滞空时间为 0.92 秒，评论员说：这几乎是人类的极限！我们实在不知道这样的极限乔丹还有多少。

我们学乔丹，一边学他的动作，一边学他吐舌头；一边学他在空中换手，一边学他单手握球。尽管可能一样也学不像，可又有哪个停下来啊！学乔丹是唯一不会被戳骂的。

在高一的时候，我们班上有八个男生会打球，就自己组织了一个球队，起名"野虎队"。每个人都配上一头虎的称号，有猛虎、战虎、帅虎、儒虎、秀虎、蛮虎等等。我嘛，既然是挑头的，就叫野虎，我还在书包面上用尽两只圆珠笔笔芯写下一个大大的"野"字，觉得好威武。我甚至还写了球队队歌，以王杰的《是否我真的一无所有》为调，另外填词。现在想来真是幼稚、傻。顺带说一句，那时候我们都爱听齐秦和王杰的歌。先是齐秦的《狼》《大约在冬季》，把脑袋后面的头发留长也是那时候开始的；后来是王杰的《一场游戏一场梦》《安妮》，开始有傻瓜装深沉——妈的，我好像也是一个。

农场每两年举行一次篮球比赛，起名"蓝盾杯"。我们"野虎队"代表学校打得很好，半决赛前每场至少赢二十分，不过最后因为经验不足只得了第四名，每个人都为此耿耿于怀，半个月内提不起精神。

9

我有两个最好的同学哥们，喻森林和许辉。

喻森林好坏，坏得有创造力。

喻森林似乎从小就头发稀疏，头顶偏偏还有两个旋，所以异常明显。我们这的俗语说：一旋好、二旋坏、三旋四旋死得快——难怪！因为两个旋在头上组成一个圆圈，所以他的外号就叫"螺旋"。不过那是小时候在大队，现在场部好像没人叫了，非得像我以及比我更"资深"的朋友熟人才知道。他比我大两岁，原因吗你该清楚了。我五年级开始和他同学，对他的兴趣是从第一节体育课开始的。大家在操场上玩的时候，他突发奇想（这种突发奇想在他是几天就来和做一次的平常事）回到教室把几乎所有女同学的本子都拿出来打乱调换过，搞得后面一节课鸡飞狗跳。他提前告诉了男同学，让我们欢乐了一节课，真够意思。还有一次是结冰的冬天，一天晚上他偷偷跑到学校，拿水桶装了一桶水倒在教室门口。第二天他第一个到学校。需要说明的是，五年级和初中同班共四年我就只见过一次他这么早到校。那天教室门口结冰了，他拉着我在旁边数几个人摔跤，摔一个狂笑一会儿。人都摔了一遍，他拿上铲锹把冰铲了，最后老师表扬了他。至于躲在门后面，在女同学进教室时跳出来大叫一声吓她个半死（在南湖小学我们是大喊一声"哒"，现在北湖是"吼"，不过感觉没我们叫的爽耳动听），或是偷偷放只青蛙在别人书包里，或是在前排坐下的刹那把凳子抽走让其一屁股坐在地上等等，都是他百玩不厌自娱娱人的把戏。总之，男同学见到他有乐子，女同学见到他有阴影，这是虞风华亲口告诉我的。

虞风华初三和我同桌一年，但我们说过的话至今仍停留在个位数。我们一样内向，不小心碰到手或是偶尔目光相触都会脸红一阵。她有一个好姓、有一个好名，还有一肩膀浓密的好头发，不过这引起了头发稀薄的喻森林的不满，于是"星星之火"老在虞风华的头上燃烧，"苏三的悲鸣"老在我的耳畔回响。如果哪天没被喻森林注意到，虞风华会高兴不已，因为这意味着可以逃过一劫。有一次喻森林拿圆规虿她，被她躲过了，她开心地大叫一声："没虿到！"那真是她重大的值得欢庆的时刻，像取得了关键战役（保卫战）的胜利。盛小勇也饱受"摧残"，和喻森林一块儿上学的他每天的任务就是背他走一段，脖子上挂两个书包，几乎看不到路，还要不时把衣服掀起来表演吸排骨以取悦于他和同行者，所得的报酬是谁也不能欺负瘦弱矮小的他——这几个"他"很容易搞混吧，你仔细咂摸。

喻森林曾经告诉过我一个非常实用的方法：当你走路遇到一个老师而突然忘了他（她）姓什么的时候（这是常事），你就对着他（她）微笑，礼貌地喊一句"嗯老师"，"嗯"字要含糊，"老师"两个字要清楚，这样准没错，会搏得这位你其实一点不熟悉也不热爱的老师的欢心，因为这时候的"嗯"听起来像任何字，而听者的注意力也被充满敬意的"老师"二字吸引了。我实践过好多次，有几次还是故意的，屡试不爽。这绝对是一个典型的心理现象，不晓得他是怎么发现的，看来喻森林有做心理医生的潜质。初二有一段时间，刚下第二节课喻森林就拉上我到他家去，第四节课再回来，你肯定猜不到去干什么——是去看动画片，中央二台，《猴子捞月》《大闹天宫》《米老鼠和唐老鸭》《猫和老鼠》……原来"坏人"的灵感来源于这里。

喻森林不折不扣是个矛盾体，除了最幼稚的也有最深奥的。有一次他送我一本书，说是他最爱看的，当时听到这话我仿佛看见了西天的朝阳。从来没见他对书感兴趣过，每个学期到最后顶多剩下两本书在课堂上糊弄，还肯定是残缺的，那些失踪的印刷品不是烤了鸭翅膀就是揉成一团揩了屁股。他送我的那本书的书名我忘了，是讲宇宙奥秘的，什么星星的形成、发展、爆炸等等。喻森林如数家珍，每每和我说起都津津有味，叫我一定要好好看看，而我就记住了太阳、地球"活了一半"，四十多亿年，竟然可以活这么久。书里繁密的星系把我的脑袋搞得发胀，我没看完就把书还他了，他失望了好久——我看得出来。除了生物课，喻森林的成绩一直在远离及格线的下方逍遥，他可一点也不在乎。现在想来喻森林可能和福尔摩斯是一样的，感兴趣的领域是专家，不感兴趣的领域是白痴。

就是这样一个和我几乎一点也不合拍的人（我在初中太老实常被欺负），居然成了我最好的朋友。后来他告诉了我原因，真是出乎意料。他说五年级时有一次打乒乓球（又是乒乓球，我和它有缘），比我高一头的李胖子被我扣得一脸狼狈，有一个球李胖子打飞了，球从我的耳边飞过，我一回头，竟然在球已过身的时候我飞快地（我想说电光火石般，不过这个成语喻森林肯定是不知道的）把它抓住了。重点是，我不是迎着球而是回头后和球一个方向把球抓住的，速度比飞过的球还快，还是左手（傻瓜，右手持拍当然只能用左手）。喻森林说我头一甩，手一抓，快如闪电，潇洒极了，真心佩服我，所以那个瞬间决定和我做朋友了。从此我这个老实人的人生之路开始改变，朝着精彩而拐弯的方向发展。之所以说精彩是拐弯的，是因为如果和我性格相仿的人一直交往下去，我的生活只能是微风小雨，中规中矩而简单枯燥的。

不过我说的拐弯可不是做害人的坏事，充其量娱己弄人罢了。我和喻森林玩都是他主导的，快意逞性、酣畅随心，丰富多彩又充满奇思妙想。比如我俩冬天在桥上骑车时把大衣扣子全解开，迎风张开双手，大衣袖子宛如两只翅膀，真有些御风飞行的味道；比如他教我骑车时怎样把后轮腾空翘起来，那是要将车龙头把手往上提，屁股往上撅的技术，用的是巧劲，不过我一学就会；比如他带我创造了农场的一个记录，中午没人的时候从最高处（水塔）往下撒尿，然后计算尿落到地面的时间，不过不是往净水池里。夏天他带我偷偷跑到鱼塘躲起来钓草鱼，就用鱼塘边的青草钓，半个中午就可以钓十几条，每条都有两三斤，我们哪里吃得完，都送人了。每钓一次，我俩的皮肤看着黑一圈，夏天没过完就成只缺月牙的包公了。还有一些恶作剧，比如往睡着的同学脸上挤牙膏；太阳天在教室外用镜子的反光射上课的学生甚至老师的眼睛；把教室门掩一半，在上面支条扫把什么的……我觉得这些都无伤大雅，而且有助于想象力的提高。喻森林还教过我看星座，挑担子的牛郎星（三颗，真的蛮像），银河那边的织女星（是蛮孤单的），还有大名鼎鼎的北斗星（我一直对他说不像勺子更像"2"，直到他笑着告诉我要倒过来看）。喻森林喜欢拍照，除了傻瓜照相机还会使用更高级的，拍完后常常到公家的暗房一待大半天冲洗胶卷。我是绝没这个耐心的，除非打篮球。

　　五年级的时候，有一天好奇怪我真的像春秋战国那个公子宋一样"食指大动"，手指老跳像得了帕金森症。是哥哥给了我五块钱，那段时间正馋冰淇淋呢。我叫上喻森林先一人吃了一份（五毛钱一份），不过瘾；又一人吃了一份，意犹未尽；再一人吃了一份，还不够；接着一人又吃了一份，没痛快；最后又一人又吃了一份——分号用完了，钱用完了，冰淇淋吃完了。五份冰淇淋分五次但几乎每次都是一口气吃完。如果不是没钱了肯定还要继续，可见那时的冰淇淋有他妈的多好吃。估计那个卖冰淇淋的大嫂回家一定会大肆宣扬，宣扬见到两个比洪七公还馋的学生——如果她也看过《射雕英雄传》。

　　那时候在喻森林家有一个常住的同学毛栗（外号）。毛栗家在最偏远的大队，他和喻森林也是铁哥们，每周一来就住在喻森林家，直到周末回去。周一来时书包鼓鼓囊囊，不是书（怎么可能是），是带来换洗的衣服，喻森林的妈妈会帮他洗。这两个家伙好会玩，觉得家里的饭不好吃了，就在晚上炒粉或用猪油、酱油拌饭。我也吃过几次，还真是香。有一个春夏之交燥热的夜晚，我居然就着猪油拌饭一口气吹了半瓶"饶州酒"，看得这哥俩眼珠都要瞪出来，而我一点没醉，奇怪！夏天他俩有时候（经常）带我到大队的地里偷西瓜、梨瓜。梨瓜我们都是连瓤一块吃，这样甜极了，不过第二天拉的屎里都是梨瓜籽。秋天他俩有时候（经常）带我去偷甘蔗。大队种的铁皮甘蔗皮好硬、节好长，有尺把子（南昌话，"一尺多"的意思），咬开可以一拉到底，常常把嘴角划破，不过那天下最甜的味道着实是爽。冬天有时候（经常）他俩跑到板鸭厂偷内外"五件"回来烤着吃，我的任务是在外放哨，这些东西下酒好香。有一次我们仨到滨河农场玩，一直骑到八大队上堤看鄱阳湖，那里的河面（湖面）好宽，有我们这的三倍宽，几乎可以用上"一望无际"这个词了。这时候毛栗说："对面可能出省了吧！"喻森林应和着，我心里好笑，这两个家伙一点也不懂地理，我们这处在江西的腹地，哪那么容易出省。

　　喻森林、我、毛栗一起学吉他。两个月后，喻森林手上起了厚厚的茧，那是练指法磨的。我和毛栗在他的弹奏下唱得蛮欢了。我们最喜欢听他弹《彝族舞曲》——我们是听，听。说起《彝族舞曲》你可能不知道，但说起邰正宵唱的流行歌曲《九百九十九朵玫瑰》你一定知道，其实这首歌的曲调就是学的《彝族舞曲》。

喻森林没考上高中，前年冬天他去当兵了。在我们这要当兵并不容易，竞争相当激烈，因为当完兵回来可以分到新建县县城里。每年去应征的人好多，因为不愿读书的家伙一大把。那几天征兵站的工作人员收的香烟都可以开一家中高档香烟专卖店了。喻森林春季招兵被打掉了，家里人咬咬牙，在十二月份他终于如愿以偿。入伍那天我去送他，场面相当壮观，一列火车有四节辟为新兵车厢，每个新兵蛋子身穿崭新的绿军装，胸前一朵大红花，既庄严又鲜艳。喻森林上车的时候，他妈妈哭得像一个泪人，我看得出喻森林也在强忍泪水，不像同去的刘坚强（可一点不坚强）哭得"梨花带雨"。不知为什么这时候我脑海中有一句话像夜空中的星星一样反复在闪耀："生活还要继续。"怎样继续呢？这个可没闪耀出来。在回来的路上，喻森林的姐姐（南昌大学本科生）问起了我的学习，搞得我好紧张。她问了我一个英语语法。不过我一生中最幸运的时刻出现了，因为她问的语法是我唯一记得的一个，这时候我的感受一定就和郭靖听到黄老邪招婿出的题目时一样——介绍一下，黄老邪招婿时出的最后一道决定郭靖命运的题目是叫他和欧阳克比背《九阴真经》，而郭靖正好被老顽童骗得背过。

喻森林当的是要求最严格的空降兵，据他信里说每天的训练会把人累死，十公里负重拉练完简直要把头往墙上撞，每次跳伞前都要写遗书——活下来就吃两个鸡腿——好吧，我承认这么写太过分了，事实上他当兵这几年部队并没有出现过一起人命事故。不过他当兵可真是一把好手，身体素质一流，技术动作领悟飞快，我认为这必定是得益于他从小到大不知疲倦、不亦乐乎的顽皮和坏。所以坏是有作用的，这是老子辩证法的又一次胜利。在入伍的第三年他当上了班长。我不久前去过他那儿，狼狈得很，是穿一双拖鞋去的，还因为怕钱被偷叫喻森林的妈妈缝在了我的短裤里。到部队后我坐在他那叠得如豆腐块般平整的被子旁照了相，胡子拉碴像个老头。喻森林还和那位当兵时哭得"梨花带雨"如今刚毅冷峻的刘坚强带我去了趟黄鹤楼和古琴台，我缅怀了好久俞伯牙摔琴谢知音的故事。

我时常幻想，如果这本书侥幸被大家知道并读过，远远不需要做福尔摩斯式的推理，很多人就会知道喻森林的真实姓名了，因为这一段我没有丝毫的杜撰，除了他的姓名。

送喻森林当兵前我去看了楚楚。

楚楚，多美的名字；楚楚，多美的女孩！

"楚楚动人"，天然契合，你丝毫没让这个成语减色。

"东家之子，增之一分则太长，减之一分则太短；著粉则太白，施朱则太赤；眉如翠羽，肌如白雪；腰如束素，齿如含贝；

嫣然一笑，惑阳城，迷下蔡。"用宋玉的话形容楚楚一点也不为过，真正是一位邻家女孩的典范，娇丽且清秀，聪颖而活泼，一颦一笑，一举手一投足，无不纯真乖巧，皆是俏丽无俦。遗憾的是我和她并不熟悉，因为我们同班的时间不过二十天，只是初三暑假补课在一起，其余时间同年级不同班，然而我心仪她有一千个二十天。我对她，一见倾心加暗恋是一个很好却又无法准确诠释的表述，把这方面一切俗气和高雅的词汇全部堆砌起来也不为过。其实我未尝不知道我有的只能是梦幻，不过梦幻就梦幻吧，在极其少的接触和交谈中，我如入云端般兴奋，迷迷糊糊，甜蜜莫名，其他时间远远觑着她也算满足。我想这次不比那次歪头，这次的时间会很长，或许将会是永远，这点我心里明白却无颜启齿。

喻森林和楚楚家住前后栋，经常上学放学可以说上话，因为这个我常常到喻森林家玩。他当然知道我的心事，不过从来不会取笑我还想办法给我创造机会（尽管没什么机会），这一定就是好朋友和普通朋友的一大区别。唯一的机会是我过生日那次，喻森林居然说通楚楚到我家吃饭并骑车把她带来。那个生日我只记得一件事，喻森林烧菜，我找了三个小板凳，我和楚楚一人坐一个，中间一个放一副牌开始"算二十四"。算二十四是我们从小到大玩的唯一的益智游戏，就是拿四张扑克牌用四则运算法则，谁先计算出结果为二十四谁赢，其中 J 当 11，Q 当 12，K 当 13，大小王都当 10。我从一年级开始玩，五年级的时候已经是天下无敌了——这可能是真的。那天我和楚楚算，心思压根不在牌而在她的身影上，不知偷偷看了她多少眼。那个画面（当然是一幅画）我永远不会忘记：她穿一件浅黄色的连衣裙，人淡如菊，清雅秀丽，计算时朱唇微启，皓齿如玉，微风拂过裙摆时黛眉轻蹙，翩若惊鸿，仿佛一朵彩云迷了我的眼。"算出来了，呵呵……"言笑晏晏、梨涡浅漾，声音宛如出谷黄莺。哎！如果我这些庸俗的形容反而令她的美丽减色，那全是我的错，与她无关。那天我和楚楚算了两个小时，直到吃饭还没分胜负——因为我不舍得结束而一直在让她。

初三毕业的时候流行在彼此的笔记本上写一些祝福的话。楚楚给我写了两页，其中一首引用的诗就占了一页多，尽管如此我还是异常激动，尤其看见末尾署名的"楚楚"这两个字，我早已脸红心跳，因为这是她写的，那么娟秀。其实从认识她开始，不管在哪里，一看到，甚至想到"楚楚"这两个字都令我脸红心跳，我想以后还会这样。一个人居然看到两个字就会起这样的反应，如果不是发生在自己身上我哪里会相信呢？

楚楚高一去了南昌读书，趁着送喻森林当兵我去看了她。喻森林当兵前写了一封给楚楚的短信叫我送给她——或许是我暗示他这么做的吧。那天我马不停蹄来到楚楚读书的中学。那是一个中午，我饭也没心事吃，等她来上学。一点半的课她姗姗来迟，上课前五分钟才看见她，光彩依旧，明眸生辉，一根马尾东奔西荡——这是最令我无法自拔的。她好吃惊，有一阵脸红，似乎有些不知所措。我说明来意，把信给她，说喻森林当兵去了。她几乎没说什么话，只是谢谢我。我多么希望那一刻她心里有一丝激动啊！或许有吧，不过看不出来，然后我只好走了，因为上课铃响了，而我还要赶那一天只有一趟且要把人挤成煎饼的班车。

> 哪个少年不善钟情，
> 哪个少女不善怀春，
> 这是人性中的至洁至纯，
> 怎么从此就有惨痛飞进？

暗恋也是一种惨痛吧。

最近听人说楚楚随父母调回福建去了，我想我再也见不到她了。

还有一个女同学对于我来说也非常重要——或许更为重要，她叫曹玉珏。

不记得听谁说过，"男女之间不存在真正的友谊"，还说是名人说的，不过我无从考证，然而这话我几乎不打算认可。说"几乎"，是因为它似乎又有那么一点道理。

除了不姓王（想想看王玉珏三个字该给人多大的视觉冲击

和享受啊），在我心里曹玉珏是完美的。长相可人，性格温柔，乐于助人，给人一种干净、朴实、善良的印象——是的，有些人你可以凭第一眼就知道她是善良的。如果接触时间长了，你会发现她更多的优点，尤其是在细心和耐心方面。我发现有些女性，无论年纪大小，似乎天生具有关爱人的那种母性，并且具有像母亲那种天生训练有素的素质，我不止一次看到过只有几岁的小女孩带领弟弟妹妹井然有序地走路、吃饭、穿衣的场景。曹玉珏显然也是这样的，她的一言一行、一举一动无不诠释出"贤惠"的含义，顺着这条道路走下去——也只会顺着这条道路走下去，我相信今后她一定会成为一位贤妻良母。她做家务有非凡的天赋，洗衣、做饭、针黹、整理房间样样无师自通，继而精通，不知是不是乞巧了织女，或是田螺姑娘转世。我们同学经常到她家玩，对此都留下了深刻的印象。她的家纤尘不染，拾掇无遗，家具光可鉴人，用窗明几净形容肯定是低了一个层次。这么说吧，就连用的抹布都和脸巾一样是干干净净的，反正我分不清楚。如果哪个不小心把地踩脏了或是吃东西的残渣掉在地上，不出十秒钟曹玉珏就会打扫得干干净净，似乎有强迫症一样，她是不能和脏乱并存的。她烧的菜很好吃，无论荤素都美味可口，其实光看那整齐的摆盘和清洁的餐桌、碗碟，就能让人胃口大开。我知道很多人会觉得家务事无足轻重，谈不上什么天赋，可是如果一个家邋里邋遢，杂乱不堪，我想它的主人也绝不会是一个天才，因为这是没条理的表现。我的依据是古人说的"一屋不扫何以扫天下"。曹玉珏的勤快没有止歇，即便在把她的手冻得像包子一样的冬天也劳碌不辍，就连邻居也常发现自己的家门口一尘不染。有一种污蔑她的说法是她不愿意读书而选择做家务，我对此深恶痛绝每每和说这话的人吵上一架。不仅如此，她对旁人的关心也是真诚细腻的，我和很多同学皆得其惠。五年级我刚到场部读书时，急躁而腼腆（我"成功"地将这两种好像互相矛盾的性格融合了），常常犯错却不好意思求助于人，这时候，曹玉珏就会以极大的耐心帮助我，使我摆脱困境。她比我大一岁，自然而然地履行起了姐姐的义务。有时候放学提醒慌乱的我作业本没收进书包；有时候告诉我纽扣松了然后魔术般从文具盒里拿出针线直接帮我缭好；有时候天热给我几毛钱买冰棒，我都是很自然地收下而且从没想过还；轮到我值日总是帮我扫地以便我赶上回家的渡船；下雨天我没带雨伞会第一时间借给我（她家住学校）。我实在忘了好些别的小事，可是从五年级直到高一我们同学分别，有多少件这样的小事啊！它们组合在一起似乎在我视野的前方形成了一张温柔的笑脸，明亮、美丽，散发着阳光般的温暖。我再也不会遇到这么温暖的笑脸了，我知道。

初三分班我和曹玉珏分开了，她在好班我在差班，在有限的接触中我能感受到她依旧的关心，毕业的留言中她似乎不想再给我压力，只是写了一些普通祝福的话，但我还是能感受到那深深的惋惜。我心里总是觉得有一些对不起她，对不起她的关心，我无从告诉她，然而很想告诉她，是我自己这样贪玩，我一点不怪别人，这是我死要面子的一点可笑的傲气。高一我们又在一个班了，她似乎接受和默许了我的调皮，愉快地和我以及几个"志同道合"的同学玩了一年，我这才发现除了做家务其实她也挺会玩。这是我们快乐而没有负担的一年——人的一生一定没有几个这样痛快的一年，因为小时候不懂得，成年后不再有。我们和魏老三一起打麻雀，一起吃黄鳝；到双胞胎喻小巧、喻小玲家包饺子，这是曹玉珏的特长，我只会吃，她很满足这一点。有一次是冬天的半夜，我和大头走沙滩过河去吃的，寒风凛冽但心里一团火。她们常常在饺子里包一个硬币，说谁吃到谁吉利，吃到的人牙齿都要硌掉，但还是开心得傻笑；要好的同学过生日我们一块聚餐，用转调羹（调羹把冲谁谁中标）或者数七（轮流数数，谁不小心数到七或七的倍数或末尾含七的数字谁中标）的方式决定谁喝酒；当然，最多的是晚上到我家打麻将——你一点没看错——打饿了几个人就用煤油炉烧菜吃。煤油炉顾名思义本来应该烧煤油，那样烟才少，可我们这煤油稀缺，就用柴油代替，结果烟把墙和我们的脸一起熏黑了。女孩子这时候可真是别有一番风味，俏皮妩媚兼具，你没见过就可惜了。我复读高一的时候，曹玉珏不读书去南昌打工了，在她回来的有限的时间里，常找我们几个玩，大家照样可以聊一个下午或在某家吃玩个痛快。

我知道这么写只会给人留下她勤快以及喜欢玩和吃的印象，

然而我可以告诉你并且相信很多人也会持这样的观点：这个世界上的一些人虽然简单、世俗，没有英雄轰轰烈烈的光辉事迹，没有圣徒高尚克己的精神生活，习焉不察，这样的人在我们身边很容易被忽略，不受关注，可是他们在平常生活中日复一日表现出来并已融入本性的善良、勤劳、热情、同情弱小、谦卑礼貌等等，仍然可以和应该被视为需要学习提倡的榜样。现在这样的人越来越少了，世界就因为如此才比原来冷漠了不少，如果说平凡也有价值，那这一定就是平凡最大的价值。

有一个夜晚是我不能忘记的，因为那一天心理起伏如波澜，而平静下来又是如此迅速而悄无声息，都给我留下了不可磨灭的印象，在今后的岁月里这种情怀的波动，我应该不会再次体会了。那天傍晚，从南昌回来的曹玉珏托邱绪伦带话叫我去学校玩。我们骑车去的，不知为什么我第一次那么激动，第一次想起"男女之间不存在真正的友谊"那句话，天上的星星仿佛也比平时温柔，异样的情愫在心头泛起。然而，当我一看见曹玉珏那张纯净、善良的脸，很为自己感到羞愧。这是我第一次怀着大卫·科波菲尔对艾格尼那样的情感，复杂无比但始终是纯洁无瑕的，我想这并没有一点矛盾。

这几年我和曹玉珏的联系越来越少，只靠书信往来，就在上个月一个无比突然而重大的消息让我不敢相信——她要结婚了。我知道她在南昌找了一个男朋友，还和同学到他们那去玩过一次，可是不敢想象她会这么快结婚，因为她才二十出头。

不过事实如此，她的确要嫁人了。我有一种伤感，曹玉珏的出嫁，像是那句诗——"侯门一入深似海，从此'萧娘'是路人"。我知道从此不会再见到过去的她了，再见将是另一种环境，另一种心境。五年级的时候她送给我一本小笔记本，里面用彩笔画了很多洋娃娃一样的女孩，美丽鲜艳、纯洁动人，带着几分梦幻，配有一些真稚的小诗，那是她的少女梦。但是小笔记本我弄丢了。

再见了，给过我无数关爱的同学；再见了，我非血缘的姐姐。唯愿你今后的人生一帆风顺、幸福安康！

现在，我和楚楚是距离上的遥远，和曹玉珏是精神上的遥远，而精神上的遥远更让人有一种莫名的忧伤，因为前者或许可以用时间遗忘（我也明白这一点），后者却是让人在不断的怀念中感伤。

我和许辉结识于篮球场，几乎立刻亲密无间。

那是我的第二个高一。本来学校对于高中生已经取消了留级，除非本人要求。我留级是学别人的，希望把浪费的高一（玩过来的）重新抓回来，打好基础，高考有所突破。现在看来，这个决定真是目标远大，结局悲惨。不过也不全是悲惨，还有幸运，因为我认识了许辉。

复读的第一节课极为不适应，我这辈子还没留过级。要命的是只有我一个人复读，面对比自己小，彼此陌生又相互认识的面孔，三分尴尬，七分羞愧，看着他们说说笑笑，我只能一人向隅。

好在还有篮球，好在！

下课后篮球场玩上一会儿，隔阂消遁，和他们迅速打成一片。我惊喜地发现这个班居然有这么多喜欢打球的，有几个打得还不错，其中打得最好的就是许辉，几乎和我不相上下。这自然就是我们立刻成为朋友的原因，好似英雄惜英雄——让我吹吹。打完第一次球，尴尬没了，隔阂没了，我立刻融入了新集体，一个喧闹却善良的集体——我觉得打篮球的人不会坏，都是酣畅痛快人，比如许辉，他和我同龄，都属牛，性格也差不多，有一些倔但从不为恶，轻信别人，容易冲动。

我俩几乎天天摽在一起，那是怎样的高一啊！似乎只有篮球、篮球。八个同学组成的野虎队小有名气，和很多对手都比过，有部队，有大队，有电厂，有机关，凭着我们的体力和越来越好的配合，在农场这一块还真不差。每次打比赛，我和许辉都是主力得分手，技术相颉颃，他中投准，我则善于突破，每场球都是一次次飞翔的享受，酣畅淋漓、痛快无比。最远一次比赛是到我大哥工作的隔壁滨河农场四大队，打完后大哥请我们全体撮了一顿，鸡鸭鱼肉、小货（黄鳝、青蛙等）齐备——大队的特产就是多，还有无限量供应的冰啤酒。老叶吵了几次还要再去打。

不过这样的时光一去不复返，因为我们野虎队高二就解散了。高二时许辉去了新建县读体校，因为他成绩不好，读体校高考可以降低录取分数。另外猛虎杜百胜不读书和二叔去做生意了，秀虎（就是原来老受喻森林欺负的盛小勇，长得面净皮白我给他取名"秀虎"）和蛮虎陈华去当兵了。有一次猛虎回来请我们吃饭，说了很多做生意的事，用了几个读书时想不到的贴切的形容词："到广州打货，坐了二十多个小时的汽车，每个人头发乱七八糟，衣服邋里邋遢，身上哈死巴人（南昌话，"很脏"的意思），车里臭气熏天，简直度日如年。"随着他们的离去，野虎队分崩离析，剩下我们几个还是每天驰骋在篮球场，和别人组合打比赛，没有了集体感但快乐依旧。许辉在放假回来休息的时候，把在体校学到的提高弹跳力的一个方法教给了我：用杠铃压肩膀，下蹲，站起，如此几次，然后快速原地向上跑步摆腿。这个方法有点作用，我感觉弹跳力又有所提高。他还在街边给我带回来一幅字，写着"文明吾精神，野蛮吾体魄"。我立刻喜欢上了这句话，并加紧了锻炼。

许辉在体校结识了几个家伙，看上去个个鳌头咧颈（南昌话，颈发"讲"音，意思是长相凶恶丑陋），可都是很讲义气的朋友，打起架来争先恐后。许辉把他们带到农场来过几次，每次我都和他们喝得昏天黑地、欢天喜地，许辉则喝得"五体投地"，他喝一杯到三瓶都这样。你可能不会问我为什么总喝酒，因为你读高中时或许也开始喝酒了；你可能会问我一个学生哪来的钱喝酒以及父母为什么不管，告诉你，我有两个哥哥、两个姐姐，他们都工作了而我的脸皮并不薄。至于父母不管的问题，这是农场生态园区的特点，我们基本上都是半"放养"状态，在这种状态下我们无拘无束、自由成长，不是成为全能的天才就是沦为快乐的傻瓜。

在喻森林当兵前，许辉还没去读体校的时候，我把他和喻森林拉在一块儿玩，他们像光速一样成了好朋友，甚至比跟我还好，尤其在他俩相互"打镖"（南昌话，"递香烟"的意思）的时候，引起了我的小小"嫉妒"。那时我们玩得多过瘾啊！大被同眠，形影不离，简直就是打仗前的"桃园三结义"了。许辉曾经画过一张图给我看，两个圆中间架着一个圆。他说我就是中间架着的那个圆，旁边两个是他和喻森林，是我把他们俩联结在一起的。这个三角圆虽然不怎么美观，但还是很形象的，我可以给它打九十分。我们几乎（比起夏天的游泳概率，这次应该可以把这个"几乎"去掉了）天天粘在一起。喻森林那段日子在电厂当工人，每天下班和我们一起打球，然后我们仨骑自行车摆渡到我家，下河洗澡，喝啤酒吃多味花生（牡丹亭牌），聊女同学……一张床上抵足而眠。

1990年世界杯我们是一起看的，那首主题歌《意大利之夏》我觉得是继《手拉手》后最好听的体育歌曲——我好像也就知道这两首体育歌曲。有一天是我最喜欢的荷兰"三剑客"对阵德国"三驾马车"——古利特的小辫真帅啊！不巧的是那天转播的时候场部突然停电，看不了电视，我对喻森林、许辉说看不到这场比赛我要改变对人生的看法了。他俩对视一眼，哈哈大笑。电来的时候赶上结尾，里杰卡尔德和沃勒尔互吐口水，可惜荷兰队输了。足球我们没场地踢却很喜欢看，尤其是世界杯，自从马拉多纳成了阿根廷的民族英雄后就开始了。1990年世界杯我记住了三个画面：人浪、巴乔的长途奔袭、马拉多纳的眼泪。

那时候大队白天一般没有电，黄昏时自己的发电房发电，然后就有热水。我们冬天都跑到那里洗澡，人多还要排队。不过自己发的电好昏暗，看书写字都觉得眼睛发胀，只有十点多钟南昌电来了才光亮，仿佛阳光一扫阴霾。不过那时候我大多已和周公他老人家在吹牛了。

现在这一切美好都过去了，不由我不像古人一样感叹筵席早散。或许是命中注定，我的好朋友都要离我而去。先是喻森林当兵走了，到我们读高三的时候，许辉家又因为政策的原因调回了福建，楚楚同样是这样走的，曹玉珏也要嫁人了。现在剩下我一个人踽踽独行，很多时候难免孤独，可能是这个原因开始学别人写所谓的朦胧诗。我知道那不过是一些"为赋新词强说愁"的东西。不过我才二十岁，是不该哀叹的，我常常想起喻森林当兵时我看到他妈妈哭泣的那一刻在脑海里闪耀的那句话："生活还要继续。"何况还有篮球和楚楚笑靥如花的白日梦，总能给我一些慰藉，直到现在。

10

我和日记

我相信自己绝不是一个坏人，在某种程度上或许还可以称得上是好人，虽然好人现在越来越不吃香了。然而我这个好人竟然同时也是一个"骗子"，这是我始料未及的，好在我只是骗自己，而我骗自己的地方只有一个，在日记里。

日记里我一次次自欺欺人的地方也只有一个：要努力学习。

初二暑假，我像很多人一样赶时髦开始记日记，自己众多缺点的其中之一展现出来——我向来是学别人不亦乐乎而没有多少自己的创造，然而照猫画虎的功夫我也并不擅长，所记日记大多是一些流水账，除了浪费两本日记本外收获寥寥。

那时文笔好差，错别字还多，你可能都不愿意看，第一篇是这样写的：

1987 年 7 月 30 日　星期四　晴

我在"1987"底下画了三条杠代表年，在"7"底下画了两条杠代表月，在"30"底下画了一条杠代表日，另外在"晴"旁边画了个简单的太阳标志。这样做自然是为了以后省事，年月日和天气就用数字、线条、图形表示，可是我这个不合格的美术设计师看来搞砸了，这样画出来不伦不类，加上我的字蚯蚓水蛇般扭来扭去，配在一起犹如一道杂烩，实在难看。好在旁人看不到。

正文里破折号后的内容是我现在重看时的感受。

正文如下：

今天是我的生日，我之所以从今天开始写日记，是把今天作为一个开始。但是，至于以后我是否会持之以横（错别字）地天天记，我现在还无从可知，因为我以前也记过日记，可从来都是三天打鱼两日晒网——这次难道不是？

这次，我是打算一定要天天记的。人而无信不知其可——没想到那时我就会用这么好的成语了。我觉得：一个人不但要对别人说话算数，对自己也应同样如此。而做到对自己的许诺要比做到对别人的许诺难许多，因为别人看不见，没约束。以小见大，坚持记日记可以培养人控制自己的能力——我终于找到现在还控制不了自己的原因了。

记日记，特别是观察日记，不但可以提高写作能力，而且还可以锻练（错别字）自己的观察能力及审美能力；同时，如果你天天记日记，一段时间后，打开重看一遍，那是多么有意思，多么令人兴奋啊！——我现在打开重看了，不但不觉得有意思，令人兴奋，还他妈的充满了苦涩。

马上就要上关键的初三了，我制定了一份学习计划

......

　　我一定要做到，我一定可以腾飞！——没飞起来！

　　这篇日记的结尾，我郑重地跨行写下了四个大字——"时不我待"，并在底下力透纸背地画了两横代表自己的决心和严肃的强调。

　　这是一篇充满梦幻的日记。所谓梦幻最直白和准确的含义就是都没有实现。这次写日记我坚持了六个月就无疾而终了，时隔四年多在去年我又陆陆续续写了五个月，再次无疾而终，算是真正寿终正寝了。两次日记一块算，学习计划定了五次，学习计划的总结语我时常更新，"时不我待"写了两次，另一次写的是"赵括能否改好"，还有一次写的是"你可以停，时间不会停"，最后一次写的是"做不到就完了"。

　　现在看来我这个骗子确实完了。

我和白日梦

　　我估计很多人已经离不开白日梦了。

　　白日梦不止发生在白天，相信在那些失眠的夜晚，白日梦救的人一定不计其数，让他们的夜一点不枯燥，否则会疯掉！"长夜漫漫何由彻？"白日梦可以很短，爬个墙捡个风筝足以和秋香终成眷属；白日梦也可以长到没有终点，同样的梦幻能够从第一次出现直到生命的结束（谁知道后面是不是还可以继续做呢），而且这数十年间还可以不断修正以达到完美。由此可见白日梦像原始人一样有一个不断进化的过程。其他梦只在床上做，白日梦却可以在任何地方驰骋，走在路上、骑在车上、游在河里，甚至在我打球的时候。

白日梦岂止给人安慰，那些疯掉的和患上抑郁症的人一定就是不懂得用白日梦的方式让自己理想得偿，苦闷太久不得宣泄终于酿成苦果。从这一点来说白日梦有很大的医用价值，值得大力推广，那将是惠及大众的善事。

我的白日梦是某一天放学和阿笑走路时开始的，时至今日，记忆犹新——人一生不知会有和记得多少个这么清楚的片段呢！那是在初二的一个中午，太阳天，我和阿笑坐渡船回来，刚从堤上下坡，几乎就在走上平路的那个瞬间徐丽的两个酒窝钻进了我的脑袋。我自然而又不可遏止地想象着她在和谁走路，和谁说话，会不会说到我，谁有幸看到了她的酒窝，同时我还和阿笑前言不搭后语地聊着。从那以后我发现白日梦实在美好，什么美妙的梦想都可以在脑袋里实现，那些现实中遗憾、后悔甚至痛苦的事都暂时不存在了。我的白日梦完全以自我为中心，全都俗不可耐，但世上又有几人能真正免俗呢？考试不会做的时候我坐在教室里幻想自己全部答对，字迹工整，全校第一，最终考入名牌大学；无聊的时候我躺在床上幻想成了知名的演员、作家或运动员，崇拜者人头攒动簇拥着我，我的朋友、同学、老师在台下钦佩地望着我；不看徐丽的时候我会幻想我们天天在一起窃窃私语（其实我几乎没和她说过话），她总是笑语嫣然向我展现那两颗仿佛时刻旋转的小洞；我甚至幻想到把香港的"四大天王"全部叫到农场的沙滩开露天演唱会，一律免票……在某个睡不着的夜晚这些白日梦会连成一片，天上地下我无所不能，无往不胜，终于成为了一个"完人"，心情骄傲而舒畅，唯一的副作用是第二天睡不醒。

做白日梦的时候我不会傻笑出来被别人发觉，得意的微笑倒是有的，不过还不至于被人当成神经病。白日梦不止帮我打发了时间，更是失意时的一些安慰，纾解郁闷。我知道很多人会说这是自欺欺人的自我安慰，是傻气，其实这没什么不好，能有安慰总聊胜于无，和真实的开心相比，这份安慰只不过时间短一点而已。或许还有人说白日梦都是假的、无意义的，但开心不是假的，它实实在在地发生了，你说呢！可能还有人说，白日梦过后人会倍感失望，那就继续做呗！让失望和幻想反复重播没什么不好。

不过你也别以为白日梦都妙不可言，也有恐怖的。好像自刚懂事起，我就他妈的开始恐惧起死亡了，比约翰·克里斯朵夫还早——人怎么会这样？在好多个瞬间，有时是看到一个老人，有时是看到讲星星和宇宙的电视，有时是阴雨天的一刻，死亡的恐惧会一下子攫住我。倒不是死亡本身令我害怕，那只是一刹那的事，我总是想到死后什么都不知道了，什么都没有了，自己永远（真正的永远）没知觉了，好像从来没有过我，也不会再有我了，这时候就会吓得要死（又是死）。如果我能看见那时的自己一定是脸色苍白、愁容满面的，所以我好希望神鬼存在，死后可以继续。不过由于羞耻，我从不愿和人提起这种恐惧，我宁愿独自面对，独自吓得半死。我不相信古今中外任何思维健全的人能无视这种恐惧，不过勇士和英雄在最终时刻能够克服它、战胜它，而我辈只有对它俯首称臣。不过幸运的是，这份恐惧的时间都不长，随即我就会想到自己还小，还有几十年好过，一下子又纾解过来——每次都是靠着这种自我安慰度过，从无例外，我不知道这样是不是太丢人。一年当中这种恐惧总会来这么几次，不时侵扰我，这是比白日梦由来更久又融入白日梦的白日梦。

让我展开说一下，我常有奇怪的想法，人为什么时刻、永远都要和"自己"在一起，这个"我"如影随形，如响应声，怎么也摆脱不了有时候也怪烦人。白日梦倒是一个方法，可以暂时和喜欢的人、爱做的事在一起，摆脱掉无聊的、软弱的、愚笨的、庸俗的"我"，多好！

我和自己的小说

不记得是从什么时候开始有这个想法的，或许是白日梦作祟，或许是看了几部名著抄了一部字典半部成语词典自以为有底了，我众多缺点的其中之二又暴露出来——我一贯是好高骛远的，总想做出一些令人震惊的事，不过基本没实现过。不管怎样，这个念头我再也挥之不去，所以搜索枯肠、缀字成文，才有了这些幼稚莽撞的文字。

也不知道什么原因，这个念头一兴起，我脑袋里就想写两部小说，一部是写现在读书的这些人、这些事；另一部想写一个人一天的经历，模仿《追忆似水年华》等意识流小说（这部鸿篇巨著据说像天书，我可没看过，只是知道）。我立了雄心壮志要把这个人一天的经历和心理活动写十万字以上，然而现在写着写着，"两部"不由自主结合起来了。不过这是自然而然发生的，像我最钦佩的文学全才苏东坡说的"行于所当行，止于不可不止"，我不能"阻止"两部结合在一起，就像我不能阻止两条倾流的瀑布最终汇聚在一起。

现在只能写成一部，而且也写不了十万字，虽然这不是我的初衷，但这是我的水平。不过《少年维特的烦恼》也只有七万字——我总是这样自我安慰，算是鼓励自己。

就这个水平，这一点我多不想承认啊！我害怕自己永远没有进步，碌碌无为，到老还是樗栎一棵、驽骀一匹。"一事无成人渐老，一钱不值何消说"，弘一法师谦虚自号的"二一老人"会是我最后的结局吗？

是的，我可以做白日梦让自己的小说风靡世界，但梦醒后依然要从每一个字写起。有时候一泻千里不可遏止；有时候抓耳挠腮仿佛江郎才尽，事实上我可能根本就没有江郎之才，遑论什么才尽；有时候心猿意马想着别的，好久拉不回心思。好在目前我并不为此苦恼，因为没有时间限制，也没有人催稿——我倒是希望有。写到一些犯傻的趣事时，想起好玩的经历，我还是蛮开心的——不错，就是好玩没别的，似乎也够了，也许写作的乐趣就在于此吧，它可以自娱。就这一点我发现有美好的回忆真是一件好事，可以把过去的开心反复玩味，再把它记录下来，这样你的余生就有了很多可以傻笑的时刻了。

好吧，这可能就是我想写小说的原因。

另：这篇小说在标点符号的使用上，括号"（）"和破折号"——"有很多很多，每一个都是对它前面一段话的解释、补充、强调，或许古今中外的小说都没有使用频率这么高的。我也写了很多俗语粗话，"我"和"老子"时常转换，"他妈的""鳖崽子"不时出现。

我不知道这些是小说的特点还是缺点，但它们是真实心理的记述。

第二部

　　我对几个好朋友（我其实知道把楚楚称为好朋友是一厢情愿）写了这么多，是因为他们在我心目中的位置无可替代，我们相互间给予了太多的快乐。想到几十亿人几万亿时间（时间不知怎么形容）里可以遇到并成为朋友我就常常感到激动，真不晓得是何种缘分，如果从排列组合的数字来计算，这种相遇的概率有多渺茫啊！几乎是不会发生的，然而它就是发生了，这就是世界的奇妙之处吧！

　　不看科学报道我也知道，每一个像我这样年纪的人都处于精神上变动最大的时期，如果没有几个玩得好又可交心的朋友是不可想象的，不是叛逆就是无比孤独。我不叛逆也不孤独必定是得益于朋友，得益于和他们虽平淡却快乐的交往，我从来没有什么事可以值得炫耀，能够获得他们深挚的友情我毫不怀疑是一种不输于任何成就的骄傲。

　　该言归正传了。

　　以下我将用另一种文体（尽管我不擅长）叙述我一天内的经历和心绪，算是一个改变、一个全新的开始，因为我要离开了。

我很强烈地感到会有精彩而曲折的经历等着我，像唐璜和徐霞客。

1

今天要到学校去拿高考成绩单，这应该是我最后一次去学校了。对绝大多数学生来说，毕业即等于同学校告别，不管这个学校对你是眷顾还是嫌弃，是像母亲宠腻你还是像后妈冷待你，你和学校的缘分都到尽头了。以后没有老师的教诲也没有作业的烦扰（这曾是多少学生的梦想），没有考试的压力也没有课堂的欢乐，不再听到上下课的铃声，不再看到心仪的女生，不会再有几百人在操场上做操，不会再有全体师生为你在球场上的拼力鼓掌，考试的焦虑离你远去，同学好友也离你远去——总而言之，你和学校告别了，走向未知。常听别人说一个人要离开他待了很久的地方一定会依依不舍，不过这句话也不完全准确，比如现在我要彻底离开学校了就没有这种留恋的感觉，莫非是我太无情？然而我敢肯定不是。仿佛物理学的惯性，我的潜意识里还在读书，还在和学校纠缠，我现在平均三天就要做两个仍然在学校上学的梦，不是老叶把老师的粉笔藏起来，就是和许辉打球时又赢了好多分……说到做梦，有一个相同的梦老在我的夜晚降临：我时常凌空行走，虽然高度只有半米，跑不起也飞不起，但那是脚不沾地的，仿佛踏在无形滚动的车轮上，一直这么神气活现地走着，旁边的人还老老实实被万有引力控制住，唯我逍遥。笛卡尔的三个梦预示了他的一生，我的这个呢？下次再遇到周公老人家，我可得好好问问。

今天去拿高考成绩单不过是一个过场，结果早知道了，班上没有一个考上大学的，我因为向来就知道自己是这个成绩而不感到失望，甚至还觉得是好事，这样就不会耽误自己"大展宏图"了。因为明天就要离开，我不得已才去拿成绩单的。不过说一个都没考上也不完全准确，有两位姓陈的同学好像考到了警校。他们本来也在农场读高中，只读了半年就转到公安中学去了，因为学籍的原因吧，高考要和我们一起，所以也可以说他们是从"我们"学校考上的，算是给农场的学校争了光。我曾经去他们那玩过一次，有幸（其实是不幸）到他们住的寝室"飘"过，漫过脚面纵横无忌的垃圾和以整块墙面为涂鸦地的斑驳陆离的"创作栏"以及终生难忘百味杂陈的怪味立即、彻底打消了我也去公安中学读书的念头（这个句子好长，像他们的苦难）。他们能够幸存下来并且成绩优异实属奇迹，我钦佩不已。

这两位学习好刻苦，但也没失去爱玩的天性，我们农场学生则只在后者的发挥上远远超过了他们。他们一位喜欢打篮球，一位喜欢和我及老叶瞎聊。老叶还给这位起了一个亲切的外号：乡长。因为他家在偏远的三大队，每天都要骑一辆破旧的二八大自行车来上学，龙头上挂一个大书包，极像下乡体察民情而不是搜刮民脂民膏的乡长——他还那么瘦弱。

又说岔了。其实我迟迟不去拿成绩单还有一个原因，告诉你吧，是怕见到汪老师。他是我们的班主任。

被人给予厚望在很多人看来一定很光荣，可在我却不是如此。小学一年级第一次考试我得了双百，以一年级的标准那时字也写得不错，阿拉伯数字和拼音的笔画都很直，可惜从二年级开始字就难看了，直到现在和可以肯定的所有将来——我实在无法耐着性子一笔一画地写字，不逾矩。得双百那天数学课余老师说我今后是人民大学的料，一语半成谶，十余年后的今天看来，大学我是进不了了，只剩下人民还可以当。中考完，成绩好的学生考去了南昌重点高中，我差十几分留在农场的高中，算是矮子中的高子，被汪老师委任为班长。

让我插几句话吧，它们如骨鲠在喉，不吐不快。初三分班时不知为什么我被分到差班，也许是因为调皮，也许是因为老师的子女太多。结果是结识了好多玩伴，看遍了金庸，打爽了篮球，就是虐待了成绩。所谓差班，顾名思义就够了。我可以举一个例子。那一年政治课黄老师好随和，我们经常和他开玩笑，有一次讲到三大宗教，他说是佛教、基督教、伊斯兰教，黑皮佬叫着"还有睡觉"，引起哄堂大笑；还有一次我们吵得不像话，黄老师似乎有点生气，说我们是不是中午吃饱了，喻森林认真回答，"没有，才吃了四大碗"，又是一阵开怀大笑。像这样联欢晚会般的课堂纪律的例子如果有人从九月记录到来年六月，恐怕一本一百页的笔记本只能够完成序言呢！总之，这就是我读的初三差班的学习氛围。人最容易做的事一定是随波逐流，因为你无力抗拒又很舒服。不需要任何适应我就是"合格的"差班生了，成天打球看小说，成绩像瀑布一样倾泻。记得有一次迟到，前面半节课没赶上，下课后同学们都用异样的眼光看我，问了一个要好的同学好久才知道班主任魏老师说我退步了，这样下去可能连普通高中都考不上。我承认当时心头一震，还认真学习了一阵，不过没多久又故态复萌了，因为我是凡人，怎么战胜得了环境？

在中考前，两个班集中在好班开动员会，开完会离开时我一脚把凳子踢翻了，这一脚到底意味着什么呢？是我的不甘吗？还是我意识到了什么？总之这一脚我一直念念不忘。这一脚也被很多人看到了（印证了差班生的素质），尤其是曾经令我歪头的徐丽，她看我的眼神很特别，让我悲哀，因为那里面包含着惋惜甚至是可怜。

或许是受喻森林的"荼毒"太深，高中这几年我玩得有些疯狂，老实的品行似乎都在改变。不过偶尔我也会突发奇想要做"成熟稳重"的人，这时候我就会严肃半节课，不和老叶说话，眉头紧锁像思考问题——其实是在发呆，可每次坚持不到下课就原形毕露了。我有时候会有这样的念头：自己是不是不该这样贪玩，自己是不是被耽误了。这些朦胧模糊的念头指向了似乎不公平的境遇，但也不十分明确，随即就被玩耍冲走了。不知道为什么，高考时我有些愤世嫉俗，在语文考试时写作文题的时候我好想把李白《将进酒》中的每一句诗都写进作文，可是我当然没这个水平，只是把"天生我材必有用"和"钟鼓馔玉不足贵"写进去了。《将进酒》课本没学过，是大哥在我读小学二年级的时候逼我背的，我早已滚瓜烂熟却从不知是何意思，这几年才清楚。在英语考试最后一道小作文时，什么都看不懂的我义愤填膺，不知为何不满又大为不满急需发泄，突然我灵光一闪，笔走龙蛇，胡乱从前面抄了一段英文，然后在行与行之间用中文（他妈的，不会英文，我有理由不满）郑重地写下了这么一句话："也许这只是一种现象。"不知道改卷老师看到这前无古人后无来者的人生警句会不会"独怆然而涕下"，不过我想最大的可能是，他不是认为这个学生大脑不正常，就是觉得一个哲学家要诞生了。想到这里，当时坐在新建县某小学破旧的考场上的我几乎要笑出声来。

好吧，汪老师，我还要面对你一次。

在怕见到某人的几种情形当中"惭愧"这种情形恐怕最令人难受，因为这意味着你犯了错还不能一走了之，我要见汪老师偏偏就是这种情形。本来几年嘻哈的高中念下来，我的脸皮厚了不少，可想到要面对把我看得过高而充满期望（现在全是失望）的汪老师，还是会因为惭愧而觉得难受——我的骨子里还是老实人一个啊！

你真的不知道我要面对一个多么认真的老师！如果说我小

学的汪老师是慈祥的典范，那现在这位汪老师就是认真的楷模了。他一直是我们高中的班主任，春蚕吐丝般尽力尽心，最后却由希望而至失望，伤心至极。有一次看到我们大多数人都没交作业，别的老师又反映课堂纪律一团糟，汪老师就给我们讲十多年前一个学生刻苦攻读的故事，一点不输给悬梁刺股的古代先贤：那个学生晚上特意多喝水，这样凌晨就可以尿急醒过来（家里穷没有闹钟），记住，是凌晨！然后就开始一天的学习，周而复始，无论严寒还是酷暑、回家还是在校从不间断。说着说着五十多岁的汪老师竟然号啕大哭起来，声泪俱下，那个场景我一辈子也不会忘记，我们全班都目瞪口呆、沉默不语，又惊慌又尴尬。

想到这里，我的背心开始发麻。

2

天真热，可在七、八月份又哪能不这样呢！今天的太阳公公真像人间忙着给儿女带孙子的公公，勤劳无比，起得比平时更早，甫一出来就光芒万丈、烈焰遍洒，真是"冬日可爱、夏日可畏"，顷刻间就把每个人的毛孔蒸湿了，寒毛湿漉漉贴在小臂上。路面晒得又硬又白直晃眼，两旁绿树成荫却引不来一丝风，知了鸠占鹊巢地在黄鹂的柳树上大吵大闹，真想拿气枪崩了它们。

不到八点我就和阿笑、大邱骑车去场部了。大邱和我以及阿笑一个大队，他比我大了不下十岁，个子一米八，这几乎是我们这的最高高度。我要有这么高就他妈的可以扣篮了。不知他是不是因为这个被人叫大邱，可他的外号古已有之，奇怪！大邱有一张方方正正的国字脸，浓眉大眼，加之身材修长，其英俊程度不亚于幸子的"恋人"哥哥光夫，不过他脸上时常露出的憨憨傻笑和与这个年纪不相宜的孩子般天真的说话语气就只能让他"沦落"降格为傻大个了，但我们最喜欢他的也是这一点。可见人的缺点和优点都不是绝对的，这又是老子辩证法的胜利，老子不愧是孔子之师。我和阿笑从小就和他一块儿抓鱼摸虾长大，没有丝毫代沟，另外我们也是打"坦克大战"游戏的最佳搭档。游戏机的魅力真是大小通吃，引无数男人尽折腰，小到学龄前儿童，大到大邱以上，全都拜倒在"她"的石榴裙下。在高考前半年农场开始出现游戏机，三个月后，我和大邱已经不止十次在夜深人静的时候大喊大叫通关了。这是本分老实的大邱和邻居间唯一的矛盾，竟然难以调和——由此我深深地体会到不让一个男人宣泄是多么的困难，同时我估摸我的高考成绩也因此下降了十分，不过对于始作俑者我却恨不起来。要知道在高考这件事上成绩拔尖的想要提高几分有多困难啊，成绩末流的如果不是故意，要丢掉几分却也不容易。那段时间，每天打完坦克大战，闭眼睡觉时眼皮里都是坦克螃蟹般横冲直撞的战场，各种武器如金星般闪耀。大邱还有一个爱好，最喜欢听杨钰莹的歌，他说杨钰莹那双眼睛会勾魂，迷死人，把我和阿笑笑死了。至于杨钰莹边上的那一位金童，大邱认都不认识。

　　昨晚我们仨在大邱家装吊扇时发生了有趣的事，先是找一把螺丝起子时，我突然想起自己的经验：我不止一次发现找东西真是一件非常古怪的事，除了百分百确定你想到要找的东西最有可能放在哪里，如果最先到那里找都没找到，这样你很可能再也找不到了；如果你最后再到那里找，它一定会乖乖地躺在那。有了几次不信邪导致要找的东西石沉大海杳如黄鹤的失败经验后我学乖了，每次总是装模作样（仿佛有人在看，笑死了）找完其他地方后，最后再到最有可能的地方找，这样虽然多花了点时间但总可以找到。我把这个经验告诉了大邱，他听了我的话（他总是听任何人的），果然，乱趄摸了一阵，最后大邱在厨房的一个角落里找到了。"几经波折"找到这把螺丝起子后，我们又费了九牛之力才装好吊扇，打开最大挡却发现风很小，百思不得其解。把吊扇开关停下来，我一抬头差点没笑晕过去，原来三个风扇叶全装反了，正朝天张嘴呢！把它重新朝下装好就正常了。风大的一刹那，我们仨乱叫乱笑一通，仿佛完成了七大奇迹般的工程。人真是奇怪，当一件事本可以顺利完成但几经波折才做成，那时的心情比一帆风顺要舒畅和兴奋多了，我觉得这应该是一种反衬，这样的波折更令人印象深刻和激动，所谓的好事多磨可能就是这个意思。

　　吹了一阵电扇，我们三个出去抓了几斤黄鳝，大邱烧的，阿笑一直说咸，又说油放多了，没吃几块就皱着眉头。我和大邱可没这么挑嘴，两个都吃得肚子溜圆。我们每人灌了几瓶"马尿"，轮流坦克大战到半夜，终于困了，在老婆回娘家的大邱家囫囵睡了一个晚上。早上我说去学校，阿笑马上说："我去场部买东西。""那我去逛逛。"大邱说。

"大邱，你不要上班？"

"傻瓜，今天礼拜天。"

"放假了，鬼知道礼拜几。"这是我说的。

我们仨一人骑一辆自行车，日头照旧铄石流金，照旧把我们的脸当烧烤铺。我的汗从脖子后面开始流，大邱是额头汗水涔涔而下，阿笑则鼻子水汪汪，我们真他妈有代表性。阿笑一路上都在抱怨昨晚的黄鳝浪费了——在下一件让他不高兴的事情出现之前，他总是抱怨上一件，不过通常这两件事情间隔的时间并不长。没到桥头，他就指摘起我骑自行车的技术来了，说我老撞他，却不怪自己挤进我和大邱之间，而路只有三米宽。在桥上我和大邱幻想自己变成了天上的神仙（大邱如果没有这份孩子气是不可能和我们玩在一块儿的），既有法力又有权力，大邱说："老子马上命令风婆刮起大风凉快凉快。"我接道："老子要叫东海龙王这个鳖崽子吐雨下来。"阿笑马上说道："是哦，好得意啊！然后你们马上掉下来摔死了。"这小子一贯如此，连幻想中的快乐也不让我们满足。到了场部，阿笑逢熟人便说前两天看的一部电影是"惊险枪战武打功夫片"，我马上接口道"发柳说泡乱雀搓口片"，我很为自己反应迅速、对仗工整和对他的打击而骄傲。"乱雀搓口"是南昌话，和"发柳说泡"一样都是"胡说吹牛"的意思——南昌话形容吹牛的词汇还真不少，也是实际需要。

不过你别以为阿笑只会抱怨，他有一个最大的优点就是天生对土地有一种热爱和种植天赋，在自家后院树藝五谷挥洒自如，无论是自己种菜还是大队的水稻种植都驾轻就熟了如指掌，锄地、施肥、播种、培育，样样精通游刃有余。每天放学作业撂到一边，他必须先到自己家的菜地去打理，油菜、辣椒、黄瓜、西红柿、萝卜等等春夏秋冬的餐桌菜肴，他种出来的比大人还好。至于我嘛，就指不沾泥不辨菽麦了，我只会享受劳动成果，常常问阿笑要菜吃，他总是拣最好的给我。对于自己的"地盲"我可一点不在乎，古人都说"术业有专攻"，孔圣人还"四体不勤五谷不分"呢，我的天赋一定在别处——尽管现在还没有被明确发现。

对了，阿笑还有一个优点，他的字写得特别好。有一年暑假看他不停地在练一本行书字帖，开学后写的字就脱胎换骨了——看来暑假真可以成全一个人啊！我想到了"利用"暑假迅速长高的老叶。阿笑的字既工整又洒脱，充满阳光，一点不像它那眉头紧锁的主人。不瞒你说羡慕死我了。有例于此，我也买了一本字帖练过，不过看到这个"过"你就知道是虎头蛇尾、有始无终了，我实在没耐心，倒是也有一点收获——学会了一些连笔，加上我喜欢的简写和替代（很多字有另外简单的字或笔画替代，类似速记，这个人人知道），我的字似鸟爪、如蚯蚓、像水蛇，胜人处在于快如闪电，没人比得上，这非常符合我急切的性格也很实用，尤其在抄作业的时候，就是难为园丁们了。所以在字上我不再自惭形秽，阿笑得其美，我得其快，各擅其长，各得其所。

哦，我又想起阿笑一个优点——看来只要你愿意找，人的优点还是蛮多的。阿笑好大方，不是请你吃冰棍这种普通的大方，是那种时刻准备"倾家荡产"的大方，我真为他以后结婚捏把汗，他老婆可能天天要为家里的柴米油盐犯愁，因为阿笑虽然从不借钱，但也从来不忍心自己的钱禁锢在口袋，总是带着它们四处溜达，随即永诀。阿笑已经在羽绒厂工作两年了，每个月发完工资都要请同事、同学、朋友、我、大邱、赵钱孙李周吴郑王吃吃喝喝，后半个月才老老实实。

3

我们终于分道扬镳——明天开始要彻底分道扬镳，不过我并没有什么不好的感觉，更别提什么伤感了，看来海边发达城市深圳的吸引力使我的人性光辉（我觉得每个人都有）暗淡了下来。

在去学校的路上我看见一个小学生双掌合十竖放胸前，口诵"阿弥陀佛"，模样虔诚无比，差点没把我摔下车来。为了不这么早遁入空门去吃素，我加速从未来大师前骑过，径直来到学校，来到汪老师家门口。突然，一股后悔的情绪涌上来，我转身又骑走了。既然没有考上，拿不拿成绩单有什么区别？想到这我心里一阵轻松，就像考试想出了一道难题。然而这阵轻松并没有持续多久，仿佛雨果笔下冉阿让面对商马第案件那样的矛盾情绪席卷了我，一会儿觉得必须去，因为不去会给汪老师留下不好的印象，一会儿又干脆破罐子破摔，反正再也不用去学校了；一会儿认为人要拿得起放得下，一会儿又想逃避……我脑袋里似乎有两个人在打架——不是实力一边倒而是势均力敌难解难分的那一种。

我在学校附近逡巡了好久。

最后，我叹了口气，老老实实回到了汪老师家门口。

汪老师家的纱窗门关着，不过里面的情形一览无遗。客厅兼饭厅却并不显得狭小，那是因为家具摆放得整整齐齐，搭配和谐，一点不像仓库那样杂乱，而且还有两幅水墨字画挂在墙上，显出几分典雅。其中一幅是王羲之的《兰亭集序》，不过说老实话，我觉得这幅字涂涂改改，字体粗细不一，排列也非笔直，色彩灰暗（我居然挑出了这么多"毛病"），几乎想用鲁迅评价倒塌前的雷峰塔的话来评价它——没想到竟然是自古天下第一，最后和稍逊风骚的天可汗"长相厮守"了，可见外行看热闹这话半点不假。总之，汪老师家这样的陈设你一看就知道不是江湖莽汉的家，要架脚豪饮还得另换他处。

汪老师的女儿（我同学）汪岚正在靠墙的餐桌前吃着稀饭馒头，桌上有一个刻了一圈红字的巨型搪瓷把缸，应该可以把时迁的脑袋装进去；还有一盘咸菜，一盘对半切开的咸鸭蛋，蛋黄鲜艳欲滴；吊扇在她头顶呼呼响着。汪岚有一双大眼睛和两条粗大的麻花辫——好像大眼睛的姑娘都爱扎这种辫子，还是两条，这似乎成了中国近代年轻女性（美不美另说）的一个传统。

汪岚和很多女生一样，乖巧、安静、用功，作为老师的女儿就更加如此了，可是也和很多勤勉的女生一样学习成绩就是上不去，看来在学习（尤其是考试）上还是天赋说了算啊！这当然不公平，可惜老天爷并没有召开天上代表大会讨论这个问题——肯定没有，要不然历史上那么多天才就不会名落孙山了。我想起了不知道在哪看到的一句诗："八股文章台阁体，消磨百代英雄气"，很为古人欷歔。不过时至今日，中国几乎还是一考定终生，现在虽然有了"下海"一途，但是成功者毕竟寥寥。其实，我又想，那么多学习好的人还不是书呆子，迂腐气，甚至乖戾邪恶，比起更多学习不好却和蔼可亲的普通人，对这个社会好像更没有价值，我几乎立刻想到了曹玉珏、许辉、老叶等人，也想到了很多历史坏人。说到天赋和智商，我倒是想起了一个小故事，说曾国藩有一晚背书，一篇文章不知读了多少遍，就是背不下来。这时他家来了一个贼躲在屋檐下，想等曾国藩背完书去休息时下手，可是等了大半天他还是背不出来。

贼人大怒，跳出来说："你这种智商还读什么书？"说罢将那篇文章背诵一遍，扬长而去。我想曾国藩当时惭愧和尴尬的心情一定远远超过了想要抓住贼人的愤怒，不然不会让贼人逃走的——哦，是扬长而去的。

由此可见，天赋是可遇不可求的，而且每个人的天赋在不同的地方，有人记忆好，有人对音乐敏感，有人擅长体育，有人考试次次第一却不会煎荷包蛋，等等等等。正因为这样，读书天赋不高的曾国藩才在别的领域（其实他在文学上也是一流的）取得了伟大的成就，梁启超甚至评价他是中外千古第一完人，因为按中国人的传统价值观和期望，"修身、齐家、治国、平天下"的人生目标曾国藩几乎都达到了呢！而且最后还能够全身而退没有被皇帝老儿搞死——这一点可能最难。这么说来，我考不上大学就一点也不奇怪了，我不由得一阵轻松，如释重（轻）负。

随即我又往回想到崇祯是如何对待袁崇焕的，想到那场惨绝人寰的凌迟，在这酷暑盛夏却气愤和悲伤得血都要冻住，他还有脸说自己不是亡国之君，手下皆是亡国之臣，从此对所有的皇帝我再没有好感。

说来你不信，我是在拉开汪老师家门的这一刻想到这些，跳出这么些个念头的。突然我觉得时间还真是可以错位，以前看到书上说（好像是爱因斯坦的理论）速度达到一定程度，时间就会扭曲，变快或变慢，我一直认为不可能，现在又觉得有道理了。

看见汪岚我放松了不少，进门直接问道："汪老师在吗？"我当她的面都是这么称呼而不是称呼"你爸爸"，算是对老师的尊重。

　　"我爸爸买菜去了。"

　　接着她话锋一转，头一扬，眉毛也一扬，两条大辫子几乎甩起来："你准备复读吗？"她说话的语气热烈无比，一点不像平时文静的样子，不知为什么我第一次觉得她不可爱了。

　　"没想过，还不知道。"我不想告诉她我明天就要去闯荡了，如果混出了名堂再告诉她好了，这点虚荣心都没有就不是男人了。

　　"我爸爸叫我复读。"她这么说好像自己并不情愿，但我看出不是这样。

　　"你应该复读，你差了多少分？"

　　"大学还差 40 多分。"汪岚似乎有点自卑地说道，不过听着却也像有一丝骄傲。

　　"那问题不大，努把力你明年一定可以考上。"我敷衍着。

　　"好难哦。"她轻描淡写地说了一句。

　　我看出她其实是想复读的，不过矫情两句罢了，这时候人人都会这样的。

　　我听到、看到有人走进来了。

"秦夏生你来了！"——好吧，你终于知道我叫什么名字了，好土。或许这还勾起了你对我家五个兄弟姐妹的名字如何分配四个季节的兴趣，不过我当然是不会告诉你的。

汪老师提着菜进来了。

汪老师一如既往穿着制服，军色裤子，军色衬衣，军用皮带，衬衣笔挺地别在裤腰里，拳头粗细的腰身也挺得笔直，说实话好难看。在我的印象中汪老师似乎没穿过别的，总是一身军色制服，不像老师倒像个军人，腰也没弯过，双眼突出熠熠放光。我不由得想起一句话来，"有钱难买老来瘦"，联想到老头讲课时中气十足、唾沫横飞的场面，估计他活个百把岁没问题。

"嗯，汪老师。"我多么希望今天的对话只有这一句啊！

"坐吧。"我和汪岚聊得起劲还没坐下，于是我规规矩矩在餐桌旁坐下。

"知道你的成绩了吧？"我最怕的终于来了。是这样的，如果汪老师直接说我考得好差还好些，剩下的就是我承认错误，然后拿了成绩单就可以回家了。他现在这么说，那就是要延长我的内疚，因为这样说势必还要讨论我为什么考得这么差。

果然，汪老师开口了。

"本来你语文、历史、政治一直很好，这次怎么除了语文，其他几门考成这样？政治都是背诵的，才考了五十多分。"汪老师说这话时，我眼前闪过大邱那张憨厚的脸和游戏机里坦克横行的画面，不过我只是说："可能没背到重点。"

"整本书就那么薄，都把它记下来有那么难吗？还有时事政治，只有几页纸都错那么多。唉！"

告诉你，就是这个"唉"字是我最怕的，一字千斤，巨石般压得我喘不过气来，它充满了失望——我宁愿别人痛恨我也不希望别人对我失望，因为那表示自己的无能。我实在无言以对、无颜以对。

"还有历史，熊老师（历史老师）平时常夸你理解力强，分析题可以多得分，可是这次没有发挥出来，基础题又丢分太多，最后只是勉强及格。唉！"我眼前又闪过大邱那张憨厚的脸和游戏机里坦克横行的画面。

"前面浪费了时间，最后几题太赶了。"我小声嗫嚅着。

"我教你的考试技巧呢？遇到这种情况就该先做分多的大题啊！唉！你们考起来都忘了。"汪老师声音大了起来——他有理由这样。我不敢说了，怕越说越错，我知道会这样的。

"你的强项没考好，其他就不用说了，所以这次差了那么二十几分。唉！"我除了低头还能干什么呢？

我估计我们的对话没有五分钟，可又觉得似乎超过了五个钟头，我早已汗流浃背，手足无措，惶惶不知所以。

还好汪老师看出了我的难堪不安，不再批评我，真要谢谢他。

"你有什么打算？复读吧！"是一个"吧"不是"吗"，可见老头还没死心。

我多么庆幸刚才的虚荣心，没有告诉汪岚我要外出，不读书了，要不然新一轮的批评势必如暴雨淋下。

"哦，还不知道，考虑一下。"

"好好考虑一下，不读书你可惜了。唉！"这一声声"唉"比刀子还锋利，刺得我快心肌梗死了。

尴尬地沉默了一会儿，我终于鼓起勇气说道："汪老师，有成绩单吗？我来拿的。"

"高考不像平时放假，没有成绩单，只有分数，录取了才有《录取通知书》。唉！"

我确定当时愤怒了，对我自己，我他妈的居然连这个也不知道，还巴巴地跑到学校来。这趟羞愧白受了。

"唉！"我在心里也对自己唉了一声。

"那我走了汪老师，再见，汪岚！"

我用尽全身气力骑着自行车出了学校，那速度要赶上环法的安杜兰了。一出学校范围就大吼一声发泄，不管旁边有没有人。

不过总算过了这一关，我又轻松下来。

脸皮真厚啊！

4

今天是孟伟中的生日，中午要到他家吃饭，现在要决定的是到哪里打发时间，不过这比数学的选择题容易一百倍，因为到冰室去几乎是夏天没什么娱乐的农场人的不二选择。

在去冰室的路上我碰到了教语文的胡老师，他不是连穿着都很传统的汪老师那样中规中矩的老派教师，虽说也发有制服，却很少着身。农场是警察编制，老师也发有警察制服，不过我觉得好像有些不伦不类，因为他们教育管理的可是我们——学生，不是犯人。胡老师常穿的是一件白衬衣，配一条西式皮带，带一副金边眼镜，颇为秀气。好像戴这种眼镜的人都挺秀气、斯文，不过在小说里往往还有一个"斯文败类"的词等在后面。当然，胡老师可不是。今天胡老师穿的是一件"的确凉"衬衣，袖子挽起，手指白皙纤细，和颜悦色神态潇洒，额头没有一丝汗迹，好像炎热烦躁的夏天和他没有一点关系。他的教书风格也和汪老师大相径庭，应该属于"现代派"，上课不强调死记硬背，喜欢穿插一些故事、传说、典故等等，所以语文是我们最喜欢上的一门课。胡老师像年轻人一样，说话做事都直截了当，从来不会拐弯抹角——其实他本来就年轻，不过是我觉得老师都有些暮气沉沉罢了。本来在我的感觉中一切有知识的人，尤其是老师，都很谦虚，他却是一个罕见的例外。他经常说："人不能妄自尊大，但也无须妄自菲薄，过分谦虚其实是令人生厌的虚伪。"可见胡老师是一个性情中人。我们都很喜欢他，没事常跑到他的宿舍玩，有时还一起喝两杯，不过我们可从来没有束脩奉上，倒是胡老师每次做好酒菜以飨我等。猛虎杜百胜最喜欢和他划拳，"哥俩好"的喊声常常扯破嗓子——举起酒杯的那一刻，我们不分身份、年龄、性别……完全打成了一片，真是师生同心、其乐融融。胡老师只有在喝酒的时候不那么斯文，揎拳捋袖神采飞扬，和他的外表形成好大反差。不过我想这不能怪他，是酒精让绿林好汉在他身上附体了。他有一个电炉，上面放一个钢精锅炒菜，可是口味实在不敢恭维，咸淡合适的几率像骰子撒下点数成双的概率，美味可口的概率像我和大头下象棋的胜率，看来我们还缺一个师母。胡老师的宿舍有好多文学书，我曾经借来一套《外国文学作品选》看，书里介绍了国外从古到今所有著名的作家和其文学作品，还有精彩的作品片段，让我大开眼界，我就是那时候知道荷马、但丁、古希腊三大悲剧家的。可惜我太爱玩，这套书看了一年还没看完，胡老师又不好催我，高考前我依依不舍地还给他了。当时胡老师眼睛瞪得好大，三分惊喜七分不信，他是以为我不会还了。不过我肯定会还的，否则这辈子就第一次成为"虾皮"（南昌话，意思是不守信用的人）了。

记得胡老师讲解神话出现的原因，他说那是古代人对打雷、下雪、地震、洪水等自然现象无法解释而想象出来的，中外都一样，圣经也是如此。统治者为了维护统治，加上穷人对自己受苦受难无法理解，就以神的意志来解释。我这才明白过来，原来一直以为神话和传说是古人乱编的或者有些真有其事，内心深处也希望如此，现在希望破灭了，为此我还偷偷郁闷了一阵。不过老叶信誓旦旦地说胡老师和他的姓一样在胡说八道（他目前还是不懂尊重，不过这并不表示老叶品质坏），他们老家有很多祖上流传下来的"真实"神话，还有些人亲眼见过灶王爷，坐在房顶，头顶天脚踏地。

和胡老师点了个头，渴得不行，我紧蹬一脚骑到了冰室。农场的冰室其貌不扬，就是堤脚下一栋独立的房子，只有一层，也没有一面梁山泊那样雄伟而飘扬的招牌旗帜，只在门头玻璃上用红油漆写了"冰室"两个字。不过这却像聚义厅一样热闹和张扬，是我们双湖百姓的一个据点。夏季的每一天从开门到黄昏都熙熙攘攘，人头攒动，农场四分之一以上的人要到这粉墨登场。这间冰室自然成了家长里短和八卦新闻的晒场。一张八仙桌四张长凳就是人民大会堂的桌椅和英国佬议会的绿色长沙发，在这里吃一盘冰淇淋或喝一杯冰水的时间，农场和天下大事你就都了如指掌了。

今天冰室的人好多，方桌已经摆到了门外。冰室门外有一棵大苦楝树，绿荫匝地好大一片，桌子摆在外面比里面还凉快，所以总是这儿坐满了人才进去。今天门外已经人满为患，树荫都遮不住了，我只有进去。

一进门就看见李建强，还有个家伙背对着我，一看那长着倒三角头发的后脑勺我就知道是张大林。有些人你看背影比正面还清楚，看轮廓比当面还清晰，或者因为特征显著，或者因为你不愿直视，觉得那难受。他们坐在那有滋有味地吃着冰绿豆。

李建强人高马大，可惜不会打球。他肌肉发达，身体特别好，这个可以从他那透过球鞋传来的阵阵脚臭里闻出来。有一回他和我到老叶家玩，老叶家楼上是有电视的卧室，要脱鞋进去。李建强脱下鞋子的刹那，我和老叶差点晕过去，最后只有拿个塑料袋套在他的鞋子上。那个味道我现在还记得，每每想起都要痛苦一阵，从那以后老叶再也不叫他上楼去玩了。除了脚臭，李建强的优点倒是蛮多，尤其是出手阔绰。他的爸爸是大队长，他经常请几个玩得好的到冰室商店吃点什么，每天书包里还有一包"红塔山"或"阿诗玛"，把几个抽烟的家伙乐死了。

李建强一直都是成熟稳重的，说话得体，从不做出格或糊涂的事，唯一的例外是老骑一辆前后轮都卸了挡泥板的自行车。我想是他觉得这样像比赛赛车骑着潇洒，不过一到下雨天轮胎就会带起一身的泥。看着李建强怡然自得的样子，我忽然觉得（我觉得这必然正确）他和我一样，好像是有思想的，其实却是没什么思想的，别看做事有条不紊，待人彬彬有礼，成绩也中上，其实一切行为都是随波逐流。说一些好像有见解的新鲜话，不过是看书、看新闻或听别人说过的，在旁人（无知却多数）看来此类口耳之学倒是蛮有些新意，也可以自欺欺人地炫耀给自己，可是比起那些成天似乎都在胡说八道，做事我行我素胆大妄为的家伙，我们其实更没有主见。想到这里我有点为自己悲哀，不过为时短暂，因为所谓思想或许重要，但没有也不影响吃喝玩乐、衣食住行。

香港警匪片里有大哥和小弟，所谓的小弟我们这叫"刁刁"，词典里肯定是没有这个词的，是南昌方言里的口语，我只有这么胡写代替了。方言真是有特色，够形象，比如这个"刁刁"，一看就知道不是什么好鸟，是对主子无限巴结和主子随心所欲砍向别人的一把凶器。看到这个"刁"，我倒是想起了齐桓公的嬖臣竖刁，他符合刁刁的一切特征，是开山鼻祖，或许这个词的渊源在此。李建强虽然不是什么大哥，张大林却是标准的刁刁，每天前前后后围着李建强，不过倒是不敢作恶，只是混吃混喝罢了。这种人我是瞧不上的，不过避也避不开了，况且，老子干吗要避开！

"望岭（我的外号，同学是不会叫我名字的，这就是外号的威力），吃什么？我请。"李建强爽朗地说道。

对他我倒是不反感，因为我也不是小气的人，那种掏钞票的潇洒劲我们有共同的快感。不过，我们倒也不是"腰有十文必振衣作响"的家伙。

"随便，和你们一样吧。"

"考得怎么样？"刁刁明知故问，眼里放着幸灾乐祸的光亮。

"你他妈的不知道啊！"

刁刁开始傻笑了。他常这样，惹了别人收不了场就开始傻笑，其过人的功夫就体现在这种别人都会尴尬无比的时刻可以收放自如、处之泰然，像什么都没发生过一样。相由心生是有道理的，张大林虽然不是丑八怪，但那小脸上挤在一团的五官总给人一种猥琐、龌龊的印象——我好像是恨屋及乌了。

"冰绿豆好来事，望岭快吃。"刁刁献着殷勤，真诚无比。"好来事"是南昌话，是"好吃、好玩"的意思，总之是用来形容一切好的事物。

我不想理他，埋头吃我的冰绿豆，想着等下买东西。一抬头，我看到三个家伙联袂而来，不过不是并排，斜斜的像风吹歪的一根粗线。前面那个膀大腰圆，头发竖着似猛张飞；中间那个侧棱着身子，打着赤膊，几十米外排骨就在闪亮了；后面那个几乎看不见，不过谁都知道是谁。是聂和平、刘远、史俊杰三个住在场部平时秤不离砣跬步不离的家伙。聂和平走起路来阔步昂首，胳膊一甩一甩，不是前后甩而几乎是左右甩，加上竖着的头发，周围空间两米内行人勿近，极像打了胜仗的将军或刚报过晓得意扬扬的公鸡。他们三个在一起时总是他走在第一，庞大的身躯加上挥洒自如的胳膊几乎覆盖住另外两个。刘远最瘦，偏偏爱打赤膊，他的排骨在太阳光的照射下凹凸起伏，煞是威武，犹如白骨精在迎风招展，这可能是刘远觉得最骄傲的地方了，所以时不时就吸吸排骨——我们这个年纪的自我审美方式必定是大人们理解不了或不屑的。不过我觉得最有特色的还是史俊杰，他的特色就是没有特色（这好像是古龙的语言了）。史俊杰可能是这个世界上最不起眼的人，不高不矮、不胖不瘦、不黑不白、不丑不俊，丢在人群里你就再也找不到他了。有些人平时不爱说话，可这并不影响他们喜欢和最贪玩的家伙混在一起，调皮捣蛋，偷鸡摸狗，不亦乐乎。估计是因为他们也有一颗贪玩的心吧，只是老天把他们的嘴缝起来了一些，可见"人不可貌相"这句话实在正确无比。史俊杰就是如此，平时三棍子打不出一个闷屁，但就是喜欢和吵闹的家伙玩，做的坏事也一点不比他们少，所以如果你以为文静不爱说话的学生一定心眼好或成绩好，往往就会大跌眼镜。

聂和平他们三个点的是冰汤圆，就是实心小汤圆加甜冰水。在夏天，所有吃的不管是什么，只要冰冻了就是最好的，西瓜、葡萄、水、绿豆、汤圆、鱼冻子……名单太长就不举例了，反正你也知道。

一分钟后我们六个人围在一张方桌旁，热闹无比。

如果在一百年前，或再往前，我们就是六个名落孙山的落第学子聚会了——学子这个名称比现在的学生好听多了，显得文雅。古代的学子也确乎都很文雅，现在的学生要粗鲁多了，这可以从对先生（老师）天壤之别的态度上反映出来。学子对先生只有尊敬和怕，现在的某些学生对老师复杂的情感中还多了一样东西：拳头。阮籍那句骇人听闻而备受攻讦的名言"礼岂为我辈设也"放在今天恐怕已不那么令人惊骇，现在有多少人将这句话"变现"了啊！不过这种放纵缺礼的自由真的好吗？

我发现（我又发现了）不管在哪个朋友群，总有那么一个人是唱主角的，他不是话最多就是在出谋划策，实际上左右着朋友群的言行。我们这六个人可以分为三个群，聂和平、刘远、史俊杰这群里当然是公鸡将军话最多，李建强和刁刀肯定是李建强发号施令，至于我嘛，并不是一个喜欢主导一场谈话的人，何况现在是一个人，就拣有兴趣的说说。

我们六个人半节约半浪费地占据着一张桌子，四个人挤坐两张凳子，我和李建强一人一张。凳子半空的地方当然是把脚架上去，文雅我们暂时是不懂的。我和李建强的小腿上密密麻麻都是汗毛，除了脚臭这也应该是身体好的象征，而且还可以有效地抵御这个季节蚊子的进攻。有一次我无聊又觉得好玩，把一只小虫子放进我的腿毛里，它爬来爬去硬是半小时没钻出这座"森林"。

我们的聊天从时下最热门也最令人气愤的奥运会申办开始。

"昨天把老子气死了，一个屌广告居然连放了九遍，知道吧，最后还输了！"公鸡将军一手叉腰，一手挀挲着向空中指指点点大声叫道，仿佛那个做广告的公司在空中可以让他痛斥。他说话有一个口头禅"知道吧"，像是无时无刻不在教诲他人，符合将军身份，不过这个"知道吧"是不管语句通不通顺和对象的。有一次老师订正他的作业，最后问道："知道吧？"聂和平回答道："知道。知道吧。"把老子笑死了。

"是嘛，听说北京本来是领先的，后来另两个城市输了就转投悉尼了。"刁刀附和着。

"还不是美国佬在搞鬼，没办法，美国佬一贯和我们对着干。

鳖崽子好坏。"刘远闪着排骨义愤填膺地骂道。骂完,他把手在桌上使劲拍了一下,排骨随着抖了一抖,然后又连骂了几句脏话。别看他最瘦,火气却最大。

史俊杰似乎觉得不开口不好,嗫嗫地说道:"西方国家都是穿一条裤子的,我们肯定吃亏啦!"

一般来说我们六个人是根本不会如此一致的,比如我对刁刀,我一贯用"两个凡是"对付他,凡是他同意的我就反对,凡是他反对的我就同意。不过在这件事情上我们取得了一致——估计全中国人都做到了一致。现在边上要是有个美国佬估计要遭殃,这可能就是电视和广播上经常提到的民族主义吧!反正不管怎么说,一次失败的经历可以激起整个国家的荣誉感和同仇敌忾,肯定也是一件好事,我算是找到"坏事变好事"这句话的例子了。昨天上午我也看了申办奥运会的直播,气愤一点不比他们少,于是跟着他们大骂了美国佬和那个拼命做广告的公司一通。

"其实电视台也是扯卵蛋,那么重要的时刻居然连放那么多遍广告,不让他放不就得了。"轮到李建强批评了,两个"那么"说得异常响亮。

"那个厂的电话保证不会有人买了,本来心情就不好,知道吧,它还出来捣乱,恼火不恼火!"

"人家有钱呗!"刘远感叹道,说完抚了抚心爱的排骨,又摇了摇头。

万恶又万能的金钱占了统治力，我们似乎都无可辩驳了。

大家沉默了一会儿，刁刀发言了（这种时候总是他）："哎呀，输了就输了，下次再来过嘛！你们知道啵？赵光辉到广东打工去了。"

我心里一动，问道："广东哪里啊？"

"不晓得，听别人说的，好像是广州还是哪里，是他爸爸的一个朋友介绍的，去学装潢。"刁刀得意扬扬地说着，好像这个消息像日本偷袭珍珠港一样重要。

李建强把脚放下来改成二郎腿，说道："反正我们再读书也考不上，不如去打工。"

"是啊！"刁刀又附和道。

"你想去哪里？"刘远问李建强。

"还没想好，可能去厦门吧，我也有亲戚在那里，想去见见世面。待在农场这么多年都烦了。"

"听说年底有考干。"史俊杰小声说道，似乎声音大了，这个对我们有利的秘密就要泄露出去，他会成为罪人似的。

在我们这当干部要考试，我大哥二哥就是考到了干部分出农场的。前几年招的人多，而且是本场内部招考，毕业生几乎都考到了。这两年农场的干部岗位基本饱和，招的就少了，还要和外面的人一起考，我们这个成绩基本没希望。

"有考也考不赢啊！就算考到了还是分配在农场，有什么意思。"刘远有些不屑。我有同感，对他笑笑。

"你他妈的就想到广东的发廊去，是不是？"公鸡将军哈哈大笑，我们跟着一起笑起来。

"等刘远在广东发达了，请我们都去发廊玩，哈哈！"刁刀猥琐极了，两撇眉毛老鼠般上下窜动。别看他年纪轻轻，嘴角已经有几层皱纹，努动起来显得粗俗不堪——我对他看来是不会有好感了。

看着刁刀笑得这样下流，想到自己也好不了多少，我顿时没什么兴致了。

其实我们早就吃完了，不过聊得过瘾不愿走，边上几桌也是如此。

隔壁桌是农机联的三个工人，我们都认识。农场并不大，虽然不是人人都叫得上名字，但互相都见过，算是抬头不见低头见。我听他们聊得也挺有趣。

侯大头（人如其外号）嚷道："今年双抢差点热死了，下到十四大队割稻子，每天五点多就要开联合收割机，白天田里起码有50度。那个暑气蒸上来，老子都快熟了。"

"你还好哦！劳改犯更苦，五点不到就要起床下田，中午只能休息一下，晚上九、十点才收工。你知道啵，好多劳改犯皮都晒破了，就连带班的干部也有好多中暑的，七大队的张友谊还送到南昌住院了。"说话的人我叫不上名字，这家伙晒得黝黑，也打着赤膊，不过比刘远壮多了，两个胸大肌鼓鼓的像要爆炸，胸大肌上青筋暴露像是炸药的引火线。

"那是他血压高，没办法，不过好像没事了。"

"我说劳改犯是活该，谁叫他们来劳改，这些鳖崽子就该吃点苦，做了太多坏事！"另一个工人骂道。

"你也别这样说，好多人犯的事都不大，就是小偷小摸。"

我听得津津有味，忘了和刁刁他们说话。我是蛮同情劳改犯的，我知道他们当中有很多人年纪很小，几乎和我们差不多，都是一时冲动或动了歪脑子才落到这一步的。我们大队就有几个，平时老老实实，干部叫做什么就做什么，连我们也常呼喝他们做事，回到号子里还要被牢头欺负，也怪可怜。

几年前大队有一位叫陈卓群的犯人，很有文化，父亲叫他辅导我的语文，对我帮助很大。虽身陷囹圄，他还保留了爱看书的习惯，尤其喜欢古体诗，每次家人来接见带得最多的就是书。碰巧那时我也爱"强说愁"，在他的鼓励下还写了几首，他居然把我这些幼稚可笑的涂鸦编订成了一本小册子，用监房里的油墨印刷，另写了比里面的所谓诗好百倍的序言用于鼓励我。我现在只记得自己写的一首："整夜蛙未苏，独醒树中鸣；飞鸟何群咕，亦觉独孤乎？"大头看了后，总是在放学路上边笑边摇头晃脑大声吟诵："亦觉独孤——乎？"那个"孤"像是京剧里的拖腔被拖得老长，他每每要挨我一拳。

"望岭，你有什么打算？"李建强问我。

我回过神来，年轻可怜的劳改犯和陈卓群从脑子里跑走了。

　　"还没想好。"我敷衍道。要是没混好多不好意思！不知道这是虚荣心还是谦虚，反正我是不打算让太多人知道我要去深圳的。

　　"还是出去打工吧，待在农场也没什么事，出去赚点钱又可以见识一下，说不定还可以讨个老婆。"李建强说着笑起来。

　　"其实我想去当兵，他妈的体检耳朵又不过关，原来游泳耳朵灌多了水得了中耳炎。妈的！"刘远接过话来，说完朝地上狠狠吐了口痰，又轻轻叹了口气，仿佛最后还是接受了命运的安排。

　　刁刀叫道："当兵有什么好，新兵三个月训练要把人累死。你看我们这里的武警，每天泥水里泡，匍匐前进把腿都磨破了，大热天还要穿军装。"

　　"去当兵还不是想回来分配到新建县。"史俊杰话不多但往往一语中的。

　　"我觉得新建县也是老表地方，又脏又乱，就是买东西方便一点。"

　　"离南昌也近。"刁刀补充道。

　　"你知道啵，小严的哥哥当兵回来后分到新建县，每天做事累得要死，天天当晚班。哪有农场轻松，每天混混就过去了，除了双抢。"

　　"双抢也不要紧，只要不是分到大队和农机联。"刁刀又补充道——这家伙好会补充。

"不过农场太无聊了，知道吧，去南昌又不方便。"对于这一点我们是有共识的，所以大家都沉默了一会儿。

"谁叫我们命不好，生在农场。"

"是哦，看个好电影还要跑南昌。"

"一个礼拜才杀一次猪，肉都不够吃。"

"坐班车挤死人。"

"可以锻炼体力，知道吧，省得倒堤你跑不动被淹死。"

"还说，要是生在农村才完蛋了，每天的农活都要累死你。还有山区，几年都出不来，更要闷死。"

"这么说我们还是蛮幸运咯！"

"幸运个卵，那么多人生在城市，知道吧，还有美国呢！"将军总结性地发言了。

"前世没有积德哦！"史俊杰笑道。

"你他妈的迷信壳子！"将军骂了一句。

"你说人有没有前世啊！死了会变成什么？"我们开始怪力乱神。

"鬼他妈知道！"刘远嘟囔着。

"我估计有，好多老人都看到过。我也看过好多报道，说哪个人某天突然想起自己原来是另一个地方的人，还跑到那个地方去了，果然是，不过死了好多年了。这不就是投胎吗？"刁刀兴致勃勃地说着，唾沫横飞，几乎飚到老子身上。

"我也看过，但是从来没有正式的新闻报道。"史俊杰蛮严谨。

"你傻啊！新闻如果报道，那国家不就承认迷信了，知道吧。"将军不愧是将军，好有政治眼光。

"你说那么多神话、宗教，不都是神啊鬼啊！特别是宗教，几十亿人都信，美国那么发达，连总统都信，难道都是假的？"

"谁说美国总统信？"

"我看过美国总统发言稿，最后都是'上帝保佑美国'。"

我想起胡老师说神话是古人的想象的话，但是现在提这个扫兴，况且我也是愿意相信有神的，要不然死了什么都不知道，永远没知觉了。突然我心里又是一阵恐惧袭来，不过马上就好了——每次都这样。

"还有人说月亮上有外星人，美国佬登月后发现了这个秘密没有告诉别的国家。"

"你说太阳上有人吗？"刘远问道。

他们笑起来："你傻啊，太阳上有人那不要把人烧死，哪里活得了。"

我没笑，因为我原来也想过这个问题，我觉得会有一种特殊的人，是"吃"火的，火就像空气对我们一样对他们来说是必需的，他们的衣食住行都不怕火而且也像火一样在燃烧但是永远烧不完。我一度为自己的想象力沾沾自喜，不过每次和别人讨论这个问题也都会被取笑，搞得自己好狼狈，看来今天刘远也逃不了我的命运。

"外国佬的神和中国的神到底哪个是真的？"史俊杰问了一句。

"也许都是真的，不过也不对，他们都声称自己是唯一的，伊斯兰教的真主安拉，基督教的上帝，不过佛教的释迦牟尼好像没说过。"刁刀卖弄起知识来。

"是不是像各个国家有边界一样，各个神只管一部分啊？"史俊杰没把握地分析道。

"放屁，人家都说了是宇宙中唯一的了，知道吧。"将军笑着骂起来。

"他们哪个法力高，谁最厉害？"

"还是别比了。你没听过吗，神仙打架，凡人遭殃！"刁刀又卖弄起来。

"还是有神好，就可以永远不死了。"刘远感叹道。这句话引起了大家的同感，我们又沉默下来。

除却人死不死、有无鬼神，我其实最想不通的就是时间和空间的问题，确切地说就是最"早"的时间和最"边"的空间。什么时间算最早？这个最早的时间之前是什么？必定有比它更早的，如此这般永无止境，难道会有在时间之前的"时间"？或者说静止的时间，那也是时间啊！还有空间也一样，如果说宇宙有边界，那边界之外是什么？必定还有啊，总不可能像瓶子一样封住了，那瓶子之外呢？总有一个最早的时间和最边的空间——又必定有比它更早的、更边的，这肯定矛盾但又是必定的。永远有更早的时间，永远有更边的时间，这两个"永远"之无尽头超出了我的理解和想象，我永远想不通，脑子也矛盾了、不够用了，越想越觉得神秘，觉得可怕。

这些问题打小就在我的脑袋里盘桓、反复，是孩子的问题，不过恐怕也是大科学家的问题，全人类的问题，人类找到答案的那一天我想就是进化成神的那一天。

5

"你们等下去哪里玩啊？"刁刀问道。

"玩个卵！这么热，知道吧，回家吹电扇！"聂和平起身弹了个响指，仿佛是发出了军令，刘远、史俊杰跟在后面，保护着将军扬长而去。

我没告诉他们今天是孟伟中生日，如果他们没有被叫去吃饭就好尴尬，丢面子，而且我知道孟伟中多半没叫他们，因为他们不是一路人。孟伟中是我们班男生里最斯文的，长得白净秀气，头发打卷，一口牙齿雪白，说话细声细语，综合起来女性特征多于男性特征，可是他偏偏叫伟中。他平时也喜欢和女同学玩，跳绳、踢毽子，甚至跳皮筋都很拿手，很受女生欢迎。可能是我写过几首朦胧诗，他觉得不错，勉强算有资格纳入他的朋友圈，爱蹦跶的我这才有幸出现在他的生日请客名单里。不过我也不排斥和女同学聚聚，尤其是就要分别的时候，估计大家在很长的时间里不会再见面了，谁知道呢！对此我似乎感到一种遥远的伤感，但是马上想到自己就要闯荡天涯、轰轰烈烈，这种伤感只是漏了一点苗头就无影无踪了。

打了个招呼我就离开了李建强和刁刁，确切地说是和李建强打的。我骑车来到商店。商店离冰室不远，就隔一座房子，不过中间有几棵大树，因此他们看不见我进去。我要给孟伟中买生日礼物，就是影集或笔记本，这是我们最常见的生日礼物，实用且买得起（这个很重要）。从收到第一份生日礼物起，除非当上明星，我推算现在我们每个人的影集都可以装完这一辈子的照片了，包括结婚生子和死后挂墙上的。

公家的商店只有这一个，不但要满足私人购买，还要解决各个大队和机关的办公采购，所以农场的商店好大，是一栋两层的楼房，长有几十米，一楼零售，二楼对公。一楼中间进门，正对通向二楼的楼梯，楼梯两边是两排各长达二十余米的"7"字形柜台。柜台里就是解决从婴儿拉撒到老人吃喝的商品，堪称百货——尽管里面的商品种类可能不到真正百货商店的百分之一，不过却养活了几千人，亦可堪称伟大。商店里好热，只有吊扇转着，都是热风，柜台里两个大姐在说话。为了不让我买的生日礼物在孟伟中家被束之高阁与灰尘为舞，我挑了本笔记本，封面是一幅山水，这个文静一点，适合他，再写上祝他生日快乐的一句话，我的礼物就齐备了。笔记本一本三块五，差不多是我喝三瓶南昌啤酒的价钱，孟伟中还要请我吃一餐，我倒是赚了。

　　时间应该差不多了，我往孟伟中家里骑去。他家住在五大队，与场部相邻，骑过一座灌沟桥就到了。这座桥叫"月月红桥"，桥本无名，因为桥底下长了月月红花大家就这样叫了，春天开起来快要漫上桥面。孟伟中每天从这座花桥上走过，难怪如此秀气——我其实是想说"娘"来着。

　　这么热的天我是没有心情看什么月月红的，况且这个季节也过了花期。我骑车飞速通过这座"奇花出污泥"的灌沟桥，可没一点诗心。我一径骑到孟伟忠家门口。孟伟忠家隔壁传出了郑智化的《水手》，这首歌可能全中国人都会唱了。上半年有一次去南昌玩，从八一商场沿中山路走到八一广场，几乎每家店铺都传来这位"风雨中不怕痛"的水手的嘶吼，他就算不怕痛也肯定要累坏了。顺便说一下，南昌的店铺做生意有些伎俩真他妈好有创造力，这家挂着"店铺关门，清仓甩卖"的牌子；那家喇叭喊着"月底房租到期，全部商品低价处理"；再一家门两边写着"厂家倒闭，资金回笼，优惠酬宾，全部五折"，等等等等。其实每家店铺都活蹦乱跳，鲜活无比，下个月还是这些口号，下一年还是这些口号。你要问我这个学生怎么知道这些商业秘密的，我跟你说，全是不读书和二叔去做生意的猛虎杜百胜告诉我的。

　　孟伟忠家住楼房，楼上一间楼下一间，厨房正对着楼下那间，有十来米远。厨房门口有一个吃饭的石桌，桌子上方是一个葡萄架，现在茂密的葡萄叶正好遮阴。我还没到他家就看见石桌一圈坐满了人，都是孟伟忠的"闺中好友"，好在有几个男同学，我松了口气放下心来。最让我高兴的是老叶大摇大摆地坐在那。这家伙就是不懂客气，嘴里啃着西瓜，西瓜子不断往脚下一个脸盆里吐去，蹦跶出好多来（我的眼力多好）。除了老叶，还有邓礼明、陈鹏两个男的，其他都是女同学，其中两个我不认识，好像是孟伟忠的初中女同学——成绩不好，没考上高中。

邓礼明喜爱文学，不过作文写得并不咋地，就像《碧血剑》中那个酷爱下棋却不怎么长进老输给少年袁承志的木桑道长。平时邓礼明喜欢积累文学方面的素材。有一次我在他的笔记本里看到好多古代文学家的"居士"称号：青莲居士——李白；香山居士——白居易；东坡居士——苏轼；易安居士——李清照；六一居士——欧阳修；六如居士——唐伯虎；柳泉居士——蒲松龄。原来一直以为居士都是出家人，我觉得蛮有趣，借来抄了一遍。还有一次在他家墙上看到了苏轼的《定风波》，实在句句入心，想不到人生居然有如此洒脱的境界，钦佩万分，万分。

莫听穿林打叶声，

何妨吟啸且徐行。

竹杖芒鞋轻胜马，

谁怕？

一蓑烟雨任平生。

料峭春风吹酒醒，

微冷，

山头斜照却相迎。

回首向来萧瑟处，

归去，

也无风雨也无晴。

"老叶，鳖崽子这么好吃啊！来得这么快。"

我快活地和老叶打着招呼。人真是奇怪，前一秒我还憧憬着豁达高雅的诗意人生，这一秒就大喊大叫出如此粗俗不堪的脏话，竟然一点也不觉得别扭。老叶看我和其他人一起笑，也跟着笑起来，好像我是在取笑别人而不是他。我就喜欢老叶这点，不会生气，同班几年还真没见他和哪个闹过意见红过脸，是个没心没肺的好人。

"搓！来晚了好吃的都给陈鹏吃完了，还能吃这么大的亏啊！"老叶说完我们都笑起来。"搓"绝对是我们这最常见和最重要的发语词，就像古人的"夫"，不过比"夫"强硬多了，虽然也没有任何意思，所统领着的却从来不是温文尔雅的语句。

陈鹏好吃在班上是有名的，他的肚子和那口蛀牙就是明证。陈鹏每天书包里零食的重量和书本的重量基本是相等的，尤其是在他所谓的"粽子节"和"月饼节"前后。不过这小子好小气，零食都是自己吃，只有喻森林原来会抢他的东西吃，自从喻森林当兵走后，这两年他就独享美食了，根本顾不上孟老夫子"独乐乐不如众乐乐"的乐乐。不过副作用也来了，他越发胖起来，尤其那个肚子，像是半尊弥勒佛，在学生中绝无仅有。我知道孟伟忠请陈鹏来唯一的原因是他们是一个大队的，不叫不好。

"放屁，老子又没吃什么！"陈鹏愀然作色，一边骂着一边还不舍地啃着西瓜。看得出他生气了，毕竟边上有几个女生，还有不认识的，脸上挂不住。

不过老叶想不到这些，才不理他，继续笑他："搓！一半西瓜总是你吃的，老子才吃了两片。"

孟伟中心细，看出陈鹏生气了，过来打圆场："吃点瓜有什么，这么热的天，我昨天一个人就吃了一个。"

"不过他吃得真快，和猪八戒有得一比！"老叶不依不饶。

"老叶，你是不是又长高了？"孟伟中看老叶没懂，转移起话题来。

"这个鳖崽子跟吃了尿素一样。"轮到陈鹏发起进攻了。

看着他们斗嘴，几个女生笑得合不拢嘴。

我觉得还是要帮孟伟中打圆场，也插嘴转移话题："我刚才在冰室吃东西碰到李建强他们，他可能会去广东打工。"我其实记得李建强是说要去厦门的，不知怎么随口说成了广东。

"我也好想去！"老叶兴冲冲说道。

"你去干什么，广东尿素更香啊？"战争在继续。

"老子去赚钱，回来开个百货食品店，里面全是好吃的，不过不让你进。"老叶联想和骂人的口才都更胜陈鹏一筹。

　　"来打牌吧。"看着老叶和陈鹏吵得不可开交，孟伟中提议道，并且很快从家里拿了两副扑克来。我和老叶一边，乐丽珍和张惠华一边。她俩穿得花枝招展，好像还抹了口红。看来女生一出校门就长大了，可以完美地融入社会，那些小干部又多了一些可以追逐的花蝴蝶了，想到这里老子心里一阵生气。我曾经听一个家伙说过这样的荤话："芙蓉花下死，做鬼也风流。"——学校有个女学生叫刘芙蓉。当时好想揍他，不过他居然还是我同一个大队的朋友。乐丽珍和张惠华是孟伟中玩得最好的女同学，在班上坐前后桌，三个人每天上课都交头接耳，没完没了。老师讲大课堂他们仨讲小课堂，从高一到高三也不知说了几百车几百吨话，成绩一概青黄不接。不过这一点不重要，因为考大学差一百分和差二百分是一样轻松的。我和她们平时交集不多，只是普通关系。我们打的是"八十分"，我和老叶手气比她们好，总可以抓到好多"主"，但是技术不如她们，所以两边"速度"差不多。打"八十分"是从小数字往上"打"，也有一种专打"5、10、K"这种"分"的。这个一时说不清，你会玩就明白。有几次我打错了牌老叶骂我，乐丽珍和张惠华就笑；老叶打错了我就和陈鹏一起骂他，乐丽珍和张惠华更是笑死。其他几个同学围在我们身边看，不时指指点点，指出我和老叶的错误。我俩死不承认，强词夺理几句。

这个场景让我想起了那年过生日和楚楚算"24"的往事，心里不是滋味。玩了半个小时开饭了，所有的菜都是孟伟中的爸爸烧的。我们每个人端一盘菜到他家楼下那间房里。那是孟伟中的书房兼卧室，中间放了一张床，床边靠墙有一张书桌，墙上是一幅字，写着"明日歌"。看到这个我心里笑起来，看来"常立志"的我并非独行。现在在床和书桌围成的空间里又放了一张大圆桌，床沿成了凳子，另外又放了半圈凳子。孟爸爸忙得一头大汗，我们叫他和孟妈妈一起来吃但他们怎么都不来。孩子过生日父母忙碌（烧菜）又回避似乎成了农场不成文的规矩，放在古代可能"大逆不道"吧。菜烧得不算很好，色香味都差一点，吃起来太清淡，不过都是好菜，鸡鸭鱼肉样样满盘，甚至有一盘甲鱼，更妙的是还有啤酒——孟伟中心细，好样的。

　　孟伟中给每人倒了一杯啤酒，看不出今天来的几个女生都会喝酒，我顿时来了兴致。他那两个初中女同学开始有些拘谨，很少说话，不过酒到底是好东西，既能让李太白诗兴大发，也可以让现代女生抛掉羞涩。不到十分钟大家就亲密无间，乱开玩笑了。生日上老一套都是先举杯祝"寿星"生日快乐，然后开吃。千篇一律的程序结束后就开始热闹了，老叶和我坐一块儿，向我眨眨眼，嘴巴撇向陈鹏。我知道他的意思，是要把陈鹏搞醉，心里骂这家伙好坏，不过有这个节目助兴我是不会拒绝的。我和老叶灌了陈鹏几杯，这小子好像发现了什么，不喝了。于是老叶提议玩"数七"，男的输了喝一杯，女的输了喝一调羹。我们经常玩这个，知道陈鹏不太拿手，对数字不敏感，反应慢老失误。果然，游戏开始后前几盘大都是陈鹏输了，他又喝了几杯。不过陈鹏还没醉，反应过来，骂道："老叶，鳖崽子整我是吧，有本事我们单挑，一人一杯过！"我们都笑起来。孟伟中怕他们喝醉，就说："不要拼酒，对身体不好。要不我们转调羹吧！"几个女生拍手说好，我们自然也不反对。转之前陈鹏上了趟厕所，老叶笑得直拍桌子。可能是老天爷要整陈鹏，不管谁转调羹(输的人转)，把子总是对着他。他自己转也是如此。我看他真的喝多了就提议每次喝半杯，孟伟中的一个初中女同学提议输的人空一轮再比，就是这样还是陈鹏喝得最多。

老叶笑着说："陈鹏你今天应该去打麻将，保证跑火！""跑火"是南昌话，意思是手气特别旺。

"可以啊，我家有麻将，吃完饭我们打麻将吧！"孟伟中说道。

"有麻将打太好了！"乐丽珍和张惠华表现最积极。我知道她俩经常在一起打麻将，还和她们打过一次。乐丽珍可以不看麻将，用手指就把所有的麻将都摸出来，是一种从下往上用中指摸的方法，还有一种方法是从上往下用拇指摸。我功夫还不到，中间的几个"萬"摸不出来。张惠华则好会记牌，三家打过什么心里都有数，所以基本上不会"放炮"。如果这两个女同学把打麻将的热情刻苦和聪明才智发挥在学习上会怎样呢？我不禁有些好奇又觉得好笑。我学打麻将的经历好奇怪，是高一的一节化学课上卢鹏辉"口授"的，因为南昌麻将相对简单，能吃能碰，"精"可代任何牌，所以不到一节课我就学会了（记住了）。第一次实战的时候犯了个错，打"十三烂"时我像平胡一样留了"一对"，成了"假胡"。不过这是"卢老师"误人子弟，无损我麻将速成的美誉。

这时有一个插曲把我们的欢乐推向了高潮。孟伟中几岁的侄子和我们一块吃饭，他喜欢眨眼睛，就像很多人那样已经是控制不住了，时刻都在眨，达到这种程度我们称之为"做怪相"。吃饭的时候孟伟中不时提醒他，叫他别眨，他强忍住。吃了一会儿小家伙的筷子掉到桌子底下，他趴下去捡。这时老叶小声说："他保证在下面眨眼睛。"我们纷纷低下头看，只见小家伙果然躲在桌子底下死劲眨眼呢，那频率要赶上电风扇了，仿佛要把前面忍住没眨的全眨回来。我们笑得快把嘴里吃的都要喷出来。眨眼可能是最为常见的怪相了，我小时候也一度有过。我还有一个怪相，嘴巴和眼睛一起张大，然后再同时死劲闭上，可以想见丑死了，不过仿佛这样才过瘾。这个怪相甚至现在偶尔还会做。我也常庆幸自己没学结巴子，有些人学着学着就真的结巴了。笑死人。

因为有麻将打，饭吃得就快了，在"寿星"提议下我们干了最后一杯。陈鹏已经有些摇晃，老叶得意地笑个不停。吃完饭，陈鹏和不爱说话的邓礼明回家，另几个女生也走了。

　　我们麻利得很，麻将桌一下就摆起来了，就放在葡萄架下。至于家里的饭桌和残羹剩菜，孟伟中的父母在收拾，我们把碗筷撂在桌上全走了——好像确实"大逆不道"。孟伟中家的葡萄架好大，整片荫翳，绿荫下一头做了石桌，一头再摆个桌子绰绰有余，而且葡萄叶密得很，坐在下面不怕太阳晒，风吹过来真比在房间里吹电风扇舒服多了。我和老叶坐对桌，乐丽珍和张惠华坐对桌。她俩什么都在一起，像是孟不离焦、焦不离孟，真是好姐妹，虽然她们并不是一个大队的。人确实奇怪，有些人朝夕相处反而客气疏远，有些人并不常见却莫逆于心。麻将延续了扑克的手气，还是我和老叶手气好技术差，所以输赢不大。打到六点，我和老叶不打了，因为我们要去学校打球，乐丽珍和张惠华倒是恋恋不舍，坚持着打完了最后一圈。

　　从孟伟中家里出来的时候我也有点不舍，因为我知道要好久见不到他们了，或许是……我没往下想。

6

　　我们骑车来到学校篮球场，已经有一些人在玩了，好在还没有开始比赛，我们到后人数正好。看来今天运气不错，农场最后眷顾了我一回。

　　球场上有几个火电厂的工人，是前几届的学生，和我们一样在学校时也是每日打球的。在我们这个年纪，这么旺盛的体力精力，如果没有一项体育运动发泄是不可想象的，可能就去做坏事了，好多人也正是这样。我们"野虎队"和火电厂的工人比过很多次，互有输赢，算是好对手，场下也是好朋友，这是有共同爱好的发展结果。然而凡事也不尽然，有句话叫"文人相轻"，我倒不明白为什么，看来很少有什么是放之四海而皆准的，因为人心太复杂。

农场自己玩的比赛是按"转球"方式选人，就是大家围一圈，一个人把球放在两手之间旋转，停下时篮球的气门芯对着谁谁就出列，直到一方人数够了为止。今天我和老叶又转到一边，我打前锋他打中锋（他个子高），可惜今天没有好后卫。几百场打下来我们已经有了默契，每次我跑到篮下有机会时他就会把球向我高高抛起，我则来一个空中转身补篮。在 NBA 这叫空中接力，通常都是以暴扣终结，我们没那么高，只好补篮，不过也是蛮潇洒的。

今天和我们一边的都是矮个子，对手则又高又强。不过这更激发了我的斗志，可以和高水平的对手过招、对抗，有无穷的乐趣，能激发最大的潜力，要跳得最高、跑得最快、防守最积极才有可能赢球，而这就是篮球最大的快乐。我又和往常在球场上一样，精神高度集中，不留丝毫体力地奔跑，汗水像雨水一样倾泻，抢篮板、突破、上篮……这份快感实在难以言喻。虽然我们的竞技水平及战术素养和职业选手相去甚远，但在篮球场上那种热血沸腾、酣畅淋漓的快感和享受是相同的，这就是体育的魅力。运动的时刻是突破自我、挣脱束缚的时刻，是行走的人变为飞翔的人的时刻，也是任何不快乐的人变快乐的时刻。

这样的时刻今后还有没有？

看着场上的老对手的确有些不舍。这块篮球场可能是我对农场印象最好的地方，它带给我的始终是快乐、兴奋、友谊、热血，只有美好没有其他。

一直打到天黑，我们才恋恋不舍地离开——又有哪次不是这样呢？

离开球场时，我对老叶说："我明天要走了！"

"去哪里？该不是打工吧。"老叶无意识地笑笑。

"是，就是。"我平静地对老叶说，"你不要和别人说啊！"

老叶睖睁双眼看着我："你这家伙怎么不早告诉我，以后找哪个打球啊？搓！"

"我就是出去玩一下，说不定很快就会回来。"我心里可不是这么想的，不过最好这么说。

"那你到哪里去？和谁去啊？"老叶开始刨根问底。

"到深圳去，和怪物。"怪物和老叶初中也是同学。

"哦！怪物啊！他蛮好玩的，你们两个人有个伴，混得好了一定叫我去啊！"我看出来老叶是说心里话。

"好呀！就怕混不好又跑回来丢人，所以你千万不要跟别人说啊！"

"好。"

在守信这方面我对老叶还是蛮信任的，他虽然调皮捣蛋，但说过的话都算数。这让我想起了黎洪涛，不过却是相反的记忆。

黎洪涛和我小学同学，不在一个大队但都在南湖，四年级时他全家调回吉安那边了，好像叫"渡埠农场"。小时候我一直听成是"杜甫农场"，还以为是诗圣的故乡什么的，后来才知道压根和大诗人沾不上边。黎洪涛口才忒好，老骗我的东西吃，不过这家伙说话不怎么算数，每次说好拿什么和我换吃的，不是忘了就是拿另一样不值的东西抵数，说好到哪里去也老是不见人影，在爽约这块倒是不会爽约。有一次我和他约好下午去场部，三点在码头见，快到时间了下起雨来，而且我家里突然有事去不了，第二天我看见他本想道歉，不知为什么突然间改变了想法，我"生气"地对他说："昨天你怎么没来码头？"

"搓！那么大雨还去啊！傻不傻。"他振振有词，似乎错的是我，丝毫看不出有什么歉意。

不过还没等我"管宁割席"，他就黄鹤一去不复返，到"杜甫草堂"分院吉祥安乐去了。

我在想，包括幼儿园大班和复读，自己也读了十几年书，算是认识了好多人，然而现在绝大多数都不在一起，很多人也都忘了，真正能一直有联系并交往的其实没有几个，为什么会这样呢？想想也觉得遗憾，古人说"人生无常"真是有道理啊！这时候我的脑袋忽然像过电影一样想起了很多人、很多事，据说人在迅速地死前都会这样，比如从高空坠落。

　　我首先想到的是许枝花，我刚到场部读书时的第一个同桌，她是福建人，所以也随家调走了。她长得很"福建"，嘴有一些大，颧骨有点高，不过一点也不难看。我和她性格相仿，话都不多，有些"相敬如宾"了。后来座位调整了好几次，到五年级下学期又调整了一次，好巧，又和她坐同桌。中途和谁同桌都忘了，就记得她，至于为什么我就不知道了。张玉华，也是福建的，当然也走了。初一同桌半学期。她有一头飘逸的秀发，长得好清秀，不像福建人——我知道这是偏见，因为楚楚的妈妈也是福建人。彭勇，一年级到五年级的同学，后来不知随父母调到哪去了。我们这里的人来自祖国各地也注定要回到祖国各地。他好像从一年级起就留着长鬓角，喜欢把舌头歪出来舔，自得其乐。当然最难受的是回忆楚楚和许辉，想到他们只用了一瞬，但伤感离开要好久——虽然这个年纪的伤感因为最容易产生或许减值，但那也是伤感啊！还有很多人和事模模糊糊、影影绰绰，倏忽而来、倏尔远去，像是一个个荧屏里的片段，无法记住，转瞬即逝，但每次去想又会有新的片段涌现，层出不穷络绎不绝，像一片片落叶。难道这些交往就是为了遗忘？还是人的记忆不能承载这么多，因为以后还要记忆新的人与事？我不知道。

　　为什么会无来由地想到这些人呢？或许是有来由吧，我没有答案。如果不常这样想想，我们的脑子里还剩什么？总不能只是做事而不去思考，如果那样，我们就真是行尸走肉了。

7

　　我和老叶分开后往回骑，在桥上看到一个奇怪的现象：月亮照在河面的影子被风吹起波光粼粼，然而这些波光却是上粗下细并不规则，犹如带了螺帽的螺丝，而且螺帽和螺管一样长。我快骑到家了突然明白应该是月亮底下有云彩的原因。我并没有刻意去想答案，而是答案自个儿跳到我的脑袋里。对于一些物理现象我一贯是不明所以，也不愿意深究的，能明白就明白，不明白也算了，就像（还是不像？）陶渊明读书不求甚解一样，好在没学理科——他妈的，学文科也没占到便宜。

　　打球那会儿是不会感到饥饿的，到家后开始饿了，吃了点饭。冰箱里有啤酒，痛饮了一番。这是爸爸给我留的。饭后走了两圈消食，洗过澡，我到了自己的小屋。

　　我的小屋（我喜欢这么称呼）是离家有点距离的堤脚下单独一栋平房最东头的一间，门开在侧面，又和其他家拉开了距离。最妙的是，小屋门前有一片茂密的小竹林，既给我提供了小竹笋的鲜嫩，又装点和掩饰了小屋，使它不至于暴露。我在小屋内的一举一动始终是私密的。而且，绿竹总是常青，总是那么赏心悦目，不分春夏秋冬，永远对眼睛和心灵有益。伟大的苏东坡（我是多么钦佩他啊）说"可使食无肉，不可居无竹"，不晓得日日与竹为伴的我，是不是因此少了一点俗气。我这么说是在考你知不知道这首诗的后两句——呀！我怎么也像刁刁一样卖弄起来了。这间小屋是我，也是我们同学最喜欢来的地方，独处一隅，虽是陋室却因为可以"为所欲为"不被发现而备受我们青睐，然而自从喻森林、许辉、曹玉珏、楚楚（为什么我要写楚楚，她才来过一次）他们走后，现在却显得好孤寂。有时候我觉得自己像植物界最孤单的独叶草，只有一片叶，一朵花，只能够自己和自己周旋，仅仅靠回忆支撑。回忆，多美好的东西！在这间房子里，我们喝醉过，打过麻将、游戏，看过录像，烧过菜，还男男女女五个人挤过一张床，却没有丝毫的猥琐行为；在这间房子里，我立过无数次学习计划和雄心壮志，最后全部灰飞烟灭，真正是一个无志者常立志的"典范"；在这间房子里，我和喻森林、许辉数不清多少次一起锻炼、压腿，然后去打篮球，游泳，喝酒。再说一件无伤大雅的吧，我的小屋隔壁是大队的保管室，夏天会放啤酒，而这间保管室的后窗总是关不严……

现在这一切都过去了，小屋也将不再属于我，我家马上要搬到场部去，我再也找不到一个和自己这么"般配"的地方了。说得矫情点，这里不但"装满了"我的读书生涯，似乎还是我精神寄托的地方——我其实想写灵魂来着，可是也明白自己离那个词还远着呢。我曾写过一首名为《小屋》的诗，并不好，只有最后一句我还满意："皎洁不来我的小屋。"——我说这个还是太矫情了。

或许三十年后我还会想拥有一间这样的小屋，做个现代隐士，或许吧！不过现在我是受不了孤独的。

我很喜欢和同学、朋友来小屋谈天，尤其是冬天的晚上，大家每人裹一件厚衣服或毯子靠着床背或椅子，借助窗外的微光畅聊，彼此只能朦胧看见。如果外面刮风下雨或下雪就更美妙了，单是那声音和对雪的想象就能够让屋内的我们心旷神怡。似乎一切事物都是借着对比衬托才更显魅力。我看过一篇《陪衬人》的文章，是讲外国富婆找丑女人陪自己走路的，以此反衬自己的美丽——不美也变美了。中国古人寒夜围炉，畅谈宇宙人生，确是赏心乐事的美好传统。黄夜时分更深漏静，此时的神聊最惬意、最自由、最轻松，不被打扰，安静舒适。而我们这个年纪的聊天又是比推心置腹还要高级别的，开心见诚，白水鉴心，永远敞开心扉，永远会把任何心里的话脱口而出而无须避讳，永远也不用担心"说者无意、听者有心"甚至被人事后断章取义去构陷。你可以天南地北、天马行空地发挥，天地万物都在你的想象中创造、伸展、变化，你无所不在、无远弗届，可以视宇宙如完卵或毫末为无限，如果真有神灵也会为我们这时候的奇思妙想惊叹吧！我有一个发现，在和知心朋友无拘无束海阔天空的谈话中，脑海里往往会涌现原先未有的思想，好像突然提升了一个层次，觉得好新奇，令自己都兴奋起来。这是谈话的最大价值，它可以提高和升华自己，就像在课堂上学到了新的知识一样，不过却不是由老师传授而是自己的心灵在传授、启迪，仿佛有一个更高明、睿智的"我"在教导自己。这样的谈话越多人就提升得越快，这是思想的碰撞，其结果就是产生新的思想。这是一场奇妙的化学反应。可以这样谈话的朋友都是知心的，我们畅所欲言、思想奔流，没有谁试图去做一个只要听众的演说家而是互相倾诉、互相倾听、互相启发。当然，这种谈话是谈梦想、希望、未来，而不是乱七八糟的"现实"和抱怨或市侩的贪欲。那样的谈天是没有任何价值的，只会助长人的"坏"，让人变得目光短浅、心胸狭隘。如果没有对象可以谈天，那写出来也是一种方法。写就是自己和自己"谈"，自己总结，我想那些伟大的著作就是这样诞生的，其作者一定越写越提升境界，最后超凡入圣了。对谈天体会最深、总结最好的应该是两百年前的王永彬，其传世之作《围炉夜话》不就是这样诞生的吗？还有《聊斋志异》，据说也是蒲松龄拿茶水和路人聊天讲故事记录下来的。而历史上最有名的一次谈天或许是刘备三顾茅庐换来的《隆中对》吧。

在谈天的过程中我还发现，人的直觉有时候会大错特错，当你看到一个人（无论男女）平时在学校或工作单位非常内向、沉默寡言时，你会认定这个人是迟钝木讷的，殊不知等你全面了解他以后会惊奇地发现他感情的丰富其实不输于任何人，而你了解他的方式很可能就是这样一次无拘无束、敞开心扉的"谈天"。

我的小屋，里外各一间，外间是我锻炼的地方，有一副压腿的举重杠铃，一副哑铃，一个臂力器（许辉从南昌买的），一个握力器。当然，必不可少的是一个篮球。墙上贴着许辉从南昌带来的那幅字："文明吾精神，野蛮吾体魄。"——至少后半句我们做到了。里屋是我学习的地方，一张床，靠床是一张书桌，书桌上有一个书架，上面半是课本半是武打小说和名著，还有一张靠背椅。里屋和外屋都各有两扇窗户，我收拾得蛮干净，归置得也很利落，虽比不了曹玉珏家，但窗明几净应该当之无愧。

　　除了谈天，你猜我喜欢在小屋做的另一件事是什么？当然，你排除了不对的答案，不是学习。正确答案告诉你吧，是写信。这是我这颗寂寞的"独叶草"最大的安慰，也是我独处时最快乐的事，甚至可以说是幸福了。每当夜幕来临，四外一片寂静，只有蛙虫鸣叫时，开窗享受竹林吹来的清风，在台灯下安静地给朋友、同学写信有一种难以言说的快乐，仿佛是在和他们交谈、讨论，一起感叹、一起神往，不知冲走了我多少寂寞和想念。我发现写信实在是人类的绝妙发明，它可以让你在寂寞无聊时既免于被迫和不爱搭理的家伙说话，又能够和想说话的朋友真真实实地细诉衷肠。写就是诉说，看就是倾听，思念通过书信表达朋友间的关爱，两头都获得了极大的快乐和宽慰。我们和朋友虽天各一方，但书信可以将彼此连接，在那里我们并未分离。"青山一道同云雨，明月何曾是两乡"，从前一起经历的事、说过的话、共同的展望从未隔断，还在继续。有时候我甚至觉得书信的交流胜过当面的交谈，因为书信很多时候是把一个人羞于面对面启齿的话（但却是最想说的）表达出来，而且可以像写作一样编辑自己的语言，让对方体会你的真心。比如写情书就是另一种形式的书信，只不过其投递的结果判若云泥（单程和双程）。写信的时刻也是无比美好的，几乎有些浪漫：宁静的夜，温暖的孤灯下，我们让情感之流不羁奔腾，让回忆和展望相互交融，让温馨笑意在脸颊慢慢流淌——还有什么比这更令人心驰神醉呢？写下书信、寄走书信、期待书信、收到书信、打开书信、品味书信，这是精神期盼的旅程，是身心获益的远足。

除了同学好友，今年我又多了一个无话不说的笔友，她是邱绪伦的邻居，叫郑盼。郑盼成绩很好，初三时考上了重点高中在南昌读书。她和邱绪伦一块儿长大，可谓"青梅竹马"，因为邱绪伦常来我的小屋玩，有时也带她来，我们就这样结识了。郑盼虽然比我们小，又是女性，但性格磊落豪爽，没一点矫揉造作，说话大嗓门，做事干练，有点巾帼不让须眉的味道，同时也不失女性的细腻，尤其是在很多聪慧的女性身上展现的那种比男性更能理解男性的细腻。她在南昌读书时会给我写信，我每信必回。信件来往多了，我发现有些话好像只有和她才说得出来，不知道这是为什么。郑盼好喜欢刘德华，有一次给我寄来一张画报，四张刘德华的不同照片排列在一起。画报背面有她写的七个字和一个感叹号：难道他不英俊吗！我托邱绪伦给她带去过一个用于床上学习的小桌，四个腿可以折叠收起，是叫大队的木工做的。

在农场的最后一个夜晚，我要给三个同学、朋友写信，许辉、郑盼、喻森林。每次我都会把和郑盼的信放在最后写，像很多小孩吃饭时爱把最好的一块肉最后一口吃（这个比喻不好，但一时想不到别的）。我这么做可能是因为同许辉、喻森林的信内容差不多而和她可以发挥更多吧。以下是我今天写的。

许辉：

　　见信如面！

　　去月十七汝归，吾亦归，今已一月有余，此月吾非球不快，非歌不欢，自以前载同耳。无他事，唯郑盼一信传汝，今寄之，以塞己责。

　　白驹过隙，日渐南移。高考已成昨日云烟，吾心已死，决议他图，心驰天下，增添阅历。闻汝之况，喜之，他日之腾达必托于今日之拼搏，望汝深思之。今世风日变，顿非前岁可比，望汝深思之。球乃次途，学方为贵，望汝深思之。

　　中秋眉近，月圆光明，三人友谊，千里共之。

　　古人不见今时月，今月曾经照古人。

　　对否？

夏生

我只有对许辉才会这样卖弄，因为他从不会戳骂我，他对我有种令我惭愧的"钦佩"。如果古代科举考试见到文俗混杂的此文，阅卷大人鼻子一定会气歪。我在想秉烛夜审的这位大人气得胡子翘起来的样子，他定会做此批语："此子顽劣，不学无术，终身禁考。"

　　许辉说他要复读，所以鼓励他一下。

喻森林：

　　如见！

　　从你那里回来一个多月了，真的好羡慕你，可以从天空一跃而下，看到平常人根本看不到的风景。不过我也知道，平常人是会吓得尿裤子的，哈哈！

　　我这辈子最想做的两件事是当兵和上大学，兵是当不了了，现在告诉你，大学我也没考上。不过我好像也不怎么难过，可能是脸皮厚了，没办法。我打算到深圳去打工，和光头、怪物去，你都认识，原来我们经常和怪物一起喝酒，送你当兵前这家伙还在我房间吐得一塌糊涂，搞得臭了三天，记得吧？那次喝酒他还和老叶打赌说我中年就会掉头发。老叶说我不会掉。我倒要看看自己四十岁的时候会不会秃顶！哈哈！

　　昨天碰到了你爸爸，他刚钓鱼回来，收获不少，有一条草鱼估计三斤多。要是你在我就可以跑到你家吃鱼喝啤酒了，用那个好大的高脚杯，哈哈！

你在部队要注意身体，锻炼强度不要太大了，伤身——估计我这是废话，哈哈！

过年可以回来吗？我们可以聚聚，再把许辉叫回来，就可以和别人打半场了——在农场不会作兴（南昌话，"佩服"的意思）任何人，哈哈！

夏生

我叫许辉和喻森林都是叫名字，他们叫我外号，不叫外号倒好像显得不亲切。但他们不是别人，没有外号也丝毫不妨碍我们的亲密。

郑盼：

你好！

补课好辛苦吧！马上就要高三了，估计你连玩的时间都没有，努力！考一所好大学，以后就会一帆风顺了。

我没考上，这在意料之中，我今后的道路要转向了，我倒有些期待——是不是有些自欺欺人啊！今后你我可能天各一方，如果夜晚我们偶尔走在星光下，你往南方看，我往北方看，我们的精神就在天空相遇了。

也许是命中注定，按部就班的我总是会做出一些自己原本认为不可能到后来却认为天经地义的决定，这其中有多少是为自己思想所左右的，我自己也不清楚。在一切事上都处于朦胧状态的我总是对任何新的事物都一百分好奇而且热衷于其间，尽管最后总是头破血流，经验却始终未到我手。人生真是难以得到一架属于自己的望远镜啊，虽然我们总是在寻找。一般来说我们只能继续迷茫，然后自以为是地找一条"正确"的路走下去，却不知道那真正该属于我们的理想我们可能连想也没有想到过。

这一切都是因为我们的生活范围太狭窄，周围几里就完全把我们桎梏住，并且我们从周围人那儿学会了社会的真相：人嘛！就该现实一些。因此我们也只有像所有的人一样，在固定的范围内（这当然是精神范围，可有时甚至就是我们的活动范围）生活下去，直至死亡。

对不起，不应该和你说这些，可是不和你说又和谁说呢？不过你别误会，我并不悲观，现在过得挺好，因为，我在"闭目聆听《神曲》，常和《维特》聊天，观看伟大的《荷马》指挥的战役，在《杰克伦敦》的街头《飘》。支持我的是《亲和力》，我面对的是《红与黑》，它们帮我杜绝《傲慢与偏见》，还有《茶花女》《珍妮姑娘》以及《大卫·科波菲尔》常常与《哈克贝利·费恩》联袂而来。因此，写着《猎人手记》的我在《九三年》度过的并不是《悲惨世界》"。

夏生

"如果夜晚我们偶尔走在星光下，你往南方看，我往北方看，我们的精神就在天空相遇了。"——我好得意这一句。

　　还是让我先到星光下去吧！平时的夜晚我就常常一个人走到堤上散步，吹吹河风，看看星星，今晚更加想去走走，我感觉胸中情怀如波浪般似乎要流淌而出，不是激动也不是悲伤，可能是一种离别前的回顾和展望吧！

　　把信写完，收好，打个赤膊我从小屋出来，走五十米拐弯绕过小竹林就有个坡上堤。我和大邱、阿笑无数个清晨从这里开始跑步，看太阳从南湖大堤后升起，朝霞灿烂如火，原野圹垠无垠，虽无海上日出的雄伟壮观，但那君临天下光芒万丈的雄姿亦足可睥睨一切。夜晚的大堤则是另一幅景象，它不像清晨那样热烈，却有着别样的风采，如果说日出时的大堤具有阳刚之美，那夜晚的她无疑就是一位绰约曼妙的美人了。今天像每一个晴朗的夏夜一样，繁星满天，银河灿烂，月亮的光辉相形见绌，只在河面它的清辉统治着波涛，银光闪闪的波浪随风一阵阵涌向岸边，沄沄起伏，永不停歇，仿佛在咏唱亘古不变的时间之歌。堤内草木繁茂，大树参天，田野广阔，稻浪随风涌动，有一种难言的壮丽，黑魆魆犹如一幅水墨丹青。虽然夜掩盖了它们的翠绿，却掩盖不住它们淡淡的清香，绝不浓烈，却更加沁人心脾。夏天的夜应该是最美的，因为天上有星星，空中有星星（萤火虫），水里有星星（波光）。不唯如是，夜晚的夏风是这个季节最清凉的，"南风开长廊，夏夜如凉秋"，它不止带走炎热，也给每一个吹到它的人带来内心的宁静和愉悦。在这个清凉时刻你会忘了烦忧琐事，一心仰慕星辰，似乎已经达成心中所想。走在堤上你会感觉繁星并不遥远，仿佛伸手可及，星光完全将你照耀、包围，你和明星间有着神秘的交流，无法言说，但真实存在。是的，此刻你被星光、月光、清风包围了，你说不出什么，也不想说。你不想放声高唱，因为你知道那会破坏夜的静谧；你不会想到任何苦痛，因为此刻只有美好供你的脑海驱驰；或许你有的只是一点点莫名的感动，如是而已，但已足够。

这就是雨果的"星斗的有形的美和上帝的无形的美"；这就是令康德充满敬畏的两件事之一，我虽似懂非懂但感觉无比美妙。

这样的星空我会失去吗？

唯一的不足是蚊子也在歌舞，却时刻嗜血，让我不时从仲夏夜的美梦中醒来。

我终于回到了自己的小屋。进屋的刹那，我分明感到一个时期结束了，但并没有感到一个新的时期开始。

8

天亮了！

我本以为昨夜会和前两天一样失眠，不过没有，写信使我免受孤独侵扰，堤上蚊虫的叮咬和散步使我疲劳，所以这一晚我睡得很好，连梦也不曾来打扰。

　　我不想说父母的叮嘱，那总是当时不耐烦事后却伤感的。我带了两个包，一个装行李，一个装书，所以一轻一重一大一小像剃头的挑子差别很大。到了场部我把信投入邮局门口的信箱后，光头和怪物就来了，他们每个人只有一个包，一人戴着一副蛤蟆镜叼着一根烟（怪物初中毕业就名正言顺地开始抽烟），看我大包小包都笑得弯下了腰。光头看我的眼神就像我是他一个乡巴佬亲戚，众目睽睽之下来认亲，他反感又不好发作。

　　"望岭，带什么了，这么多行李？"光头问我。

　　"几本书。"

　　"搓！还没读够啊！干脆你别去了，再复读一年。"光头笑道。

　　"读个卵，不是上课的书，都是小说。"

　　"金庸啊？"怪物叫道，"火车上给我看看。"我现在是不会给他看的，如果他知道我带的都是名著，会叫我全扔掉。

　　班车停在邮局门口的空地上，不管哪天都是人满为患，因为一天只有一班，每次座位不够人数的一半。票早就卖光了，所以我们仨只能站着，品尝人为地把自己变成煎饼的滋味，没想到战争过后半个世纪，农场人每日还有幸体味方鸿渐和赵辛楣乘车的感受。这个"味"字实在准确，尤其是这大夏天，在给人留下的印象方面嗅觉第一次超过了视觉。品种不一的各种酸味、汗味混杂在一起像是化学课上做的各种酸性试剂实验，好在是清晨还不那么浓烈，下午回来那趟可就有得受了，不过今天与我无关了。不仅嗅觉受苦，触觉也大受折磨，尤其是光头，空间的压迫使他的肚子开始受罪，上下半身本来没有几厘米的缝隙透风，他中间凸出的这一节就要承受挤压，拥挤造成的凹陷估计像长时间自己吸肚子不得复原一样难受。不过光头还是谈笑风生，一路取笑我的书。我想这是他给自己的难受打岔，看来是成功的，如果那些文豪巨擘知道其光耀百世的著作还有这个功能，不知会作何感受呢，可能又有佳作问世吧！

　　车上都是熟人，不断有人问我们三个去哪里，我们早统一了口径，说是去庐山玩，引来好多人羡慕。虽然一路颠簸，但在这种愚人的快乐中两个小时的车程很快就到了。光头和怪物戴着墨镜下车，我被太阳照得好难受，这就是学生和社会人士的区别吗？农场在南昌有自己的办事处，班车就停在那，我们放下行李开始逛街。班车八点出来十点到，我们的火车是下午三点多的，所以有很多时间需要打发。

　　离办事处一步之遥就是万寿宫，里面的商品令人眼花缭乱，主要以服装和生活用品为主，各种小物件应有尽有，每个腰包还有几个零钱的人到这里都会有惊喜。我们没事瞎逛，什么也没买，属于最不受欢迎的顾客。走到卖发卡的摊位前我不禁想起了那年和喻森林来这里的情景。当时我们一人买了一个发卡，我选了一个蝴蝶造型的想送给楚楚，可是不好意思送，后来她走了，我把发卡从桥上丢进了河里，看着它入水、水波泛起、消失不见。我想到了屈原自沉汨罗江，不过他是伟大的，我是渺小的。

到了吃饭时间，我们选了一家原来吃过的小店。这家烧的牛腩很好吃，嫩、香、辣兼具，在农场是吃不到的。因为要坐一夜的火车，在我们三个还没有成为李嘉诚前买的只能是座位票而不是卧铺，所以每个人都喝了几瓶啤酒准备上车去打瞌睡。饭钱五十多，我随手掏出一张一百的付了，怪物笑道："你和巍巍一个卵样，喜欢拿大钞票付，好西子（南昌话，"潇洒"的意思）是吧！""这样快嘛！"我答道，没想到加上找钱的时间其实是一样的。

吃完饭就一点多了，拿上行李我们走到中山路坐 2 路电车到火车站，现在已经站在了候车室里。之所以是站，是因为在我有限的人生阅历里看到比农场班车上人更多的地方就是这里了，不但座位上坐得满满当当，过道也几乎站满了人。人和行李黑压压像乌云密布，说话声嗡嗡响有如无数蜂箱麇集，但一句也听不清。我们好不容易才挤到发往深圳的火车候车位那一排通道，行李几乎要放到脚面。偏偏我们都喝多了啤酒，在这个小偷密度天下第一的地方只好轮流上厕所，每去一趟都像在人海中跋涉。中国人口就是多，不说远的，单说我们隔壁的老表，每家每户弄璋弄瓦之喜不断，每个院子都是兄弟齐心、姐妹无间，搞得我们都不敢惹他们了。然而不管有多拥挤、多吵闹，我却开心得要命，甚至越拥挤越吵闹越高兴，因为我就要离开了，要到一个更文明、更发达的地方去。我仿佛已经看到了深圳的鳞次栉比的高楼大厦，像香港电视剧里一样在俯瞰车流的有着明净落地玻璃窗的办公室里办公；我还看到了深圳街道两边漂亮的海边才有的棕榈树和一排排灯红酒绿的商铺、饭店、宾馆……我怎么会这么虚荣啊？好在别人不知道，要不然会被戳骂死。但人有时候好像就是明知不对还要继续的，因为他控制不住自己。贪杯的哪里不清楚天天喝醉对身体有害，好赌的未尝不晓得自己的家当快没了，暗恋的怎会不知道憋在心里的难受——楚楚啊！我不觉一阵难过，不过兴奋劲一会儿又占了上风。看着密密麻麻的人群，我觉得我们都是勇敢者也是幸运者，可以到异地他乡领略不同的风景和故事，远比安土重迁的人那一成不变的人生精彩——我实在不明白他们为什么愿意一辈子待在一个地方。

期待中的快乐是最长的快乐，从决定到深圳去一直到踏上那块土地之前它都属于我，并且越接近那个"终点"快乐的程度越大，因为旅途的兴奋又加了进来。同时，还有一个心里优势，所谓"好的更好坏的减少"，在这个期待实现的过程中每个人都会更加珍惜和享受一个个美好的时刻，比如朋友谈心、聚会、运动等等，而那些不美好的时刻也不会觉得有多难受和耿耿于怀以至于念念不忘,因为我们就要离"它"而去,再也不会受其影响和伤害。我们有些像一个喝醉的人感受周遭事物那样模糊而很快就遗忘般地感受着它们。相比已经发生的快乐,期待中的快乐是可以尽情想象的快乐,而想象中的快乐之美好是没有上限的,有些像白日梦却多了一份终究要"到来"而可以确定的真实。期待即是激动,而激动就是快乐。我在想,我们多么幸运,如果是相反的情形,明知一件难过悲伤而不是快乐的事情要发生,但又不知哪一天,就像等待行刑的囚犯(对不起这个例子太极端了,不过正因为这样才最有说服力),在等待的过程中该有多痛苦啊!那份恐惧不知会加大多少内心对痛苦的想象,等待中的痛苦因此会比实际到来的更深、更令人难以忍受。正如漂流荒岛的鲁滨孙说的:"由此可见,若一个人经常对某件事担惊害怕,比遭遇到祸事还要苦恼,尤其当一个人无法摆脱这种期待和这种担惊害怕的心情的时候。"而对于我来说,将来虽然还很遥远和不确定,在那头却不是不幸在等着。与此相反,有一点是肯定的,它必定会比现在精彩,因为就算成功和失败五五开,即便是后者,遭遇坎坷,陂陀多舛,这一路的经历和见识也比死气沉沉地待在这里好得多。与其说我们在趱奔前程,毋宁说我们在告别闭塞,就像人站在隧道的中间,无论往哪个方向走都将离开黑暗,越走越明亮,所以离开无疑是正确的选择。我想起了曾经给郑盼的信里写过的一句话:"不在乎结果的辉煌,只享受过程的充实。"

当然，我说了这么多离开的展望，绝非对自己的家乡弃如敝屣，我知道我叙述的那么多的过去，其实是非常珍贵的，它们有一个共同的、伟大的名字：纯洁。不过目前这个阶段有一个更吸引我的目标就是远方，它掩盖了一切，可能每个人都会有这样的阶段吧，不经历它就到不了下一个阶段。不知道为什么，如果有一种情绪或渴望在心里，我就很难再有其他的想法，不像面对各种佳肴，我们可以品尝出不同的美味，酸甜苦辣各具特色，情绪是排他的。

现在，离开和远方是我唯一的念头，席卷我的是期待中的快乐。正在发生的快乐是即时的快乐，面对欢声笑语、觥筹交错，我们乐在其中，不过或许我们也会像林黛玉那样感叹天下无不散之筵席而略显失落。当然，大多数人不会因为这个就像她一样排斥去相聚欢乐，把所有的快乐都拒之门外，那是因噎废食。已经发生的快乐，因其已经定型而少了一份憧憬，不过它有美好的回忆永远伴随，让你的脑海充满温情。唯有期待中的快乐是无限神往的快乐，它因未知而充满想象、没有极限，是精神上的遐思和纵情欢笑。哪一种快乐最美妙呢？每个人都有自己的答案，见仁见智，不管怎么说，希望我们能够常常拥有它们去比较而不是缺少它们去渴望。

当我胡思乱想的时候，光头和怪物嗑着瓜子，随口乱吐，引起了别人的不满。他俩可一点也不在乎，有说有笑。不过谁知道他们不是和我一个想法，内心汹涌澎湃理想远大呢！虽然怪物说过这辈子最大的梦想就是骑一辆"终结者"施瓦辛格那样的摩托车在农场"拉风"，光头则把品尝茅台作为人生的终极目标。成天扯闲聊噪的人未必没有展望，只不过环境限制了他们。人是会变的，我知道，朱元璋原来也只想吃一碗饱饭。十年后、二十年后，谁知道我们会怎样？古人都说"王侯将相宁有种乎"，"舜发于畎亩之中"，未来谁知道呢！豪情壮志虽然宣之于口有失谦虚会惹人嘲笑，但这肯定是很多人心头真正所想。你成功了尽可渲染，失败了最好缄默不言，我相信古今中外概莫能外。

人在兴奋的情况下身体感官可能会发生变化，这是我体会和看到的，因为现在我并不觉得很热，看看光头和怪物好像也一样，而其他的旅客大多汗流浃背；如果现在是冬天我们也应该不会感到冷，那股兴奋劲将让我们只体会内心的热情而忽略身体的感受。但这种时候的思考能力一定也很欠缺，其程度可能仅次于酒后，只看得到美好憧憬未来而看不见风险，世界上那么多鲁莽的决定应该就是这时候做的吧！有一句话叫"被胜利冲昏了头脑"（胜利者必定兴奋无比），说的该当就是这种情况。然而还有一句话，"我是光棍我怕谁"，我们本来一无所有，会失去什么呢！不过是人人都会失去的时间，所以何必畏首畏尾，又有何可畏！

哦！不和你扯了，火车来了。